EM BUSCA DO BOROGODÓ PERDIDO

EM BUSCA DO BOROGODÓ PERDIDO

JOAQUIM FERREIRA DOS SANTOS

© 2005 by Jel Produções S/C Ltda. — ME

Todos os direitos desta edição reservados à
EDITORA OBJETIVA LTDA. Rua Cosme Velho, 103
Rio de Janeiro — RJ — CEP 22241-090
Tel.: (21) 2556-7824 — Fax: (21) 2556-3322
www.objetiva.com.br

Coordenação Editorial
Isa Pessôa

Capa e Projeto Gráfico
Luiz Stein Design — LSD

Imagem Capa
LSD

Designers Assistentes
Darlan Carmo e Felipe Braga

Produção LSD
Ana Paula Veríssimo

Revisão
Damião Nascimento
Tereza da Rocha
Taís Monteiro

Editoração Eletrônica
Abreu's System Ltda.

S237e
     Santos, Joaquim Ferreira dos
        Em busca do borogodó perdido / Joaquim Ferreira dos
     Santos. – Rio de Janeiro : Objetiva, 2005

        214 p.   ISBN 85-7302-732-0

        1. Literatura brasileira - Crônicas. I. Título

                       CDD B869.4

Para Irene e Helena

SUMÁRIO

DIVIRTA-SE, É O BALÉ DOS NOVOS RITOS

festa, foto, fama e uma estranha aflição

12 • Queeeeeeeee-riiiiiiiiiiii-daaaaaaaaaaa!!!

18 • Nada está acontecendo, é uma noite de celebridades

24 • Casamento, um dia isso ainda dá certo

30 • Como não tirar a roupa na televisão

36 • Instale ainda hoje o seu humildificador

42 • Trancado com Gisele num caixote de cerveja

48 • O vibra-verbo estala vigor de vida no sexo

54 • Deus me livre de ganhar um beijo no coração

PARA A MULHER QUE CAMINHA SOBRE A COPA DAS ÁRVORES

sua gata, minha uva, nosso avião

62 • O umbigo da moça da capa
68 • A mulher de 50 é o elo perdido
74 • Pagar cofrinho é a corrupção dos sentidos
80 • Ser gatinha é ficar passada de incompreensão
86 • A vedete e o presidente espantam o bode da cama
92 • A mulher que caminha sobre a copa das árvores
98 • Descansa na paz do nosso travesseiro

É FOGO NA ROUPA, É DE LASCAR O CANO

demorô: a língua também anda na moda

106 • Um passeio fofo pela língua das mulheres
112 • Como encher a boca de clichês
118 • Meter a língua onde não é chamado
124 • Gosto que me enrosco de botar os bofes pra fora
130 • Canções para ouvir na hora do recreio
136 • As palavras emperiquitadas, sirigaitas deliciosas

CHARADAS E REQUEBROS DE CIDADES FEBRIS

decifra o Rio que te devoro em São Paulo

144 • Vai te entender, sua maluca, minha linda
150 • O Rio encontra São Paulo e juntos fazem um país melhor

IH... ESTOU COM UMA IDIOSSINCRASIA!

segredos de um caderninho de anotações

158 • A memória mente muito mas não faz por mal
166 • Deixa solto, doutor
172 • O capital erótico é o melhor investimento
178 • Do pai herói, no pulso esquerdo
184 • "Seu" Joaquim, quirinquinquim, da perna torta
190 • O caderninho azul de um aprendiz de feiticeiro
196 • Quando Grande Otelo encontra Gisele Bündchen
202 • Parem as máquinas! O repórter morreu!
208 • Ele ensinou o Brasil a transar de luz acesa

DIV

E

DOS

festa, foto, fan

RTA-SE.

O BALÉ

NOVOS

RITOS

e uma estranha aflição

QUEEEEEEEEE-RIIIIIIIIIIIII-DAAAAAAAAAAA!!!

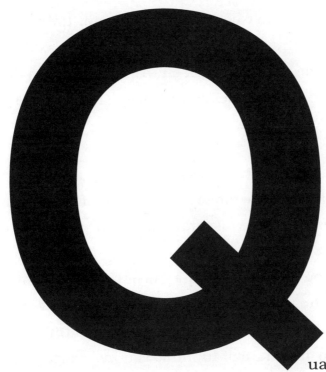uando dei por mim, tinha uma mulher falando no meu ouvido, e pelo jeito como ela projetava a boca numa direção e os olhos na outra, pelo jeito que oferecia entre as palavras suas pausas muito próprias, como se mordiscasse cerejas da marca holandesa Perkn, eu não custei muito a entender que quem estava falando na ante-sala do meu ouvido era Vera Fischer. Em pessoa.

A vida de repórter exercitada ao correr de muitos anos congela o coração, acostuma o cidadão a perceber no vibra-call, sem campainha estridente, a chegada de qualquer furacão de surpresa. Quando a voz de cereja me chegou pelo lado direito, fiquei frio. Sequer pisquei. Ar de quem a vida havia sido farta daquelas exuberâncias louras.

Vera Fischer estava toda de preto, tinha se dado ao trabalho de atravessar um tapete de bolas todas de branco, e agora se encontrava a mais ou menos um palmo de minhas orelhas todas de vermelho-madrugada numa boate gay de ai de nós, Copacabana.

Eu tinha visto Vera Fischer pela primeira vez naquela noite no justo momento em que ela passava por um travesti enfeitado de todos os disparates postos à venda pela Coty, e o rapaz, depois de botar a mão na boca fingindo afetação-fã, espreguiçou-se nas vogais que encontrou pelo caminho e gritou em saudação molenga "eeeeeeeeeiiiiiiiiiiiii, Veeeeeeeeeee-raaaaaaaaaa, queee-riiiiiiiiiiiii-daaaaaa, tiiii aaaaaaaaa-muuuuuu muuuuuiiiii-tuuuuu, aaa-mooooooooor!!!!!!".

Vera Fischer fazia 53 anos numa festa cercada de homens chupando pirulitos de vodca vermelha por todos os lados e quando se aproximou do canto direito da minha caixa de som, a primeira coisa que me passou pela cabeça foi saudá-la com a mesma quantidade de vogais abertas do fã, mas achei que ainda era cedo, apenas duas da madrugada, e por mais que as luzes piscassem, por mais que o remix dos hits de Wilson Simonal vibrasse, por mais que ninguém estivesse ouvindo sequer as consoantes do diabo, decidi manter a liturgia do cargo, ficar em silêncio, orelha oferecida e esperar que Vera Fischer como uma deusa você me chegasse para o anúncio do que quer que fosse.

Eu havia acabado de ler *A Cidade dos Artistas*, livro de Raquel Paiva e Muniz Sodré sobre as relações dos famosos da Globo e o Rio de Janeiro, sobre a confusão de real e ficção que se espalha pelos bairros da Zona Sul, e quando ouvi a Vera Fischer jogando suas cerejas de um jeito que rompessem a barreira do som ambiente e me calassem fundo n'alma, quando ouvi no inferninho de Copa o que a acólita da Vênus Platinada do Jardim Botânico queria de mim, me lembrei de Muniz e Raquel e concordei, nesta cidade de celebridades se delira até topograficamente.

Era uma festa como está em moda, uma festa promovida pela revista de celebridades com o fito moderno de recolher fotos, mas eu saberia naquele momento que Vera Fischer não queria pelo menos um certo tipo de foto e reconheceu que na multidão só eu, talvez pelo semblante grave que me acompanha desde a manjedoura, talvez pela expressão de seriedade que faz com que, no meio da festa gogo-boys-gays, uma luz lilás paire como auréola e me isole no meio da massa – eu não sei bem por que mas, enfim, foi aí que as cerejas Perkn fizeram sentido em meu globo auricular e eu entendi que La Fischer estava me pedindo, certa de que eu seria macho demais para lhe recusar qualquer ordem, ela me pedia para tirar de cena, colocar na rua, fora da boate, o fotógrafo ao meu lado.

"Eu não quero mais esse senhor aqui, ele está me incomodando", afirmou a atriz, embora me paire dúvida sobre o uso dos pronomes.

No minuto anterior ao de se debruçar no parapeito da minha varanda auditiva e dizer tal, Vera Fischer estava na roda dançando variação do bostelá, do jerk, do twist, do madison, do pogo, do woolly-boolly ou o nome que tenha essas danças pós-new wave, mas fazia-o sempre com os braços para cima, o que transformava seu vestido antes curto em uma camiseta nem um pouco comprida. Dessas danças sensuais o fotógrafo, ô raça, se aproveitava para cometer o que agora Vera, eeeeeeeeeeeiiiiiiiiiiiiiiiii, queeeeee-riiiiiiiiiiiiiidaaaaaaaaa, reclamava. O fotógrafo abaixava um pouco a câmera e, como não era nenhum Atget, nenhum Lartigue, mas apenas um fotógrafo no delírio da topografia dos célebres cariocas, turbinava a calcinha exocet preta da atriz, tornando tudo ainda mais eloqüente e enquadrado para a próxima edição.

Na escola, garoto criado ao folhear de Zéfiros na aula de português, com os resultados que agora se observam nessas vírgulas, nunca fui adepto da tribo que usava espelhinho no sapato para fuçar hipérboles e prosopopéias da professora. Mas quem sou eu para criticar os que querem ver. Vera Fischer não sabe, e o barulho ao redor me deu a impressão de que não seria o momento de explicar, que um dos juramentos do repórter moderno, com a mão estendida sobre o ensaio de Tom Wolfe a respeito do new journalism, é que em público será dado a todos os que estão do lado de cá do ringue o direito constitucional de posicionar suas máquinas para onde bem quiserem, assim como aos que estão na outra posição será outorgado o beneplácito de botarem pra quebrar, passarem suas mensagens, com as roupas que bem entenderem.

Fotógrafos e celebridades são como o corte e a navalha, o casamento da Paula Lavigne e o Caetano, ninguém deve se meter em suas rugas, e antes que a luz estroboscópica tornasse ainda mais sinistro o meu sorriso amarelo, Vera Fischer era abraçada por Isabelita dos Patins, um argentino que se veste de bailarina sobre patins. Salvo por aquela cena trêfega de novela do Gilberto Braga, eu aproveitei para girar o calcanhar na direção oposta, lamentar baixinho não ter lido mais Herculano, mais Graciliano, mais Eduardo Galeano, e fingir cínico que ia ali no balcão pegar um pirulito de vodca, respirando aliviado por não ter de explicar – quem sou eu, queeeeeeeeeeeee-riiiiiiiiiiiiiiiii-daaaaaaa???!!!, para decidir o ângulo certo de alguém ver a vida. Acho que estava tocando uma música das Frenéticas. Não tenho certeza. Eu só ouvia as cerejas.

NADA ESTÁ ACONTECENDO, É UMA NOITE DE CELEBRIDADES

Não o conheço. Ele também não tem a mínima idéia de quem eu sou. Não importa. É como se fosse um balé dos novos ritos. O ator da novela das oito cumprimenta reverente a todos na minha roda, como se lhe fosse um dever o gesto de simpatia. A cena resume a noite, todos empenhados na grande encenação de sorrisos.

É apenas uma festa no Copacabana Palace para fazer fotos e preencher as revistas amanhã. Uma bolha de notícia. Não mais se procura matar o horror, o horror dos tempos de guerra, mas preencher o vazio, o vazio das páginas em branco. Ver, ser visto e, a partir daí, em mais uma tentativa vã de saber a que se destina, existirmos.

O ator-que-cumprimenta parece estar na banal caminhada dos que seguem em direção ao banheiro. Enquanto não chega lá, faz o estilo gente boa recomendado em algum manual de auto-ajuda aos famosos. Pára na minha roda. E aí, beleza? Antes que o chamem mascarado-cabotino, sai estendendo a mão com ligeira flexão de ombros, como se recém-chegado de um estágio no teatro japonês. Pode parecer patético. É apenas um homem em seu árduo ofício de prolongar a fama e se manter querido. Respeite-mo-lo. Vai-se indo, gente boa.

É segunda-feira no Rio de Janeiro, ninguém tem muito o que fazer na noite chuvosa. Na entrada do hotel, um pequeno grupo de curiosos se junta para ver os artistas e, contaminados pela maluquice da cidade em que vivem, quando aparece Malu Mader todos gritam "protagonista, protagonista". Malu, que mais tarde fugiria dos fotógrafos da *Caras*, abaixa o vidro do carro e se deixa fotografar sorridente por essa patuléia de coadjuvantes, coadjuvantes, gente que ainda fixa seus ídolos em máquinas pré-digitais.

É uma cidade de artistas. Todos se reconhecem pelos nomes ou funções. Sem rancor, sem pedir texto melhor ao autor. Na chuva, na possibilidade zero de manter a maquiagem, os coadjuvantes parecem conformados com o anonimato de barrados no baile. Abrem alas para o Peugeot de Malu e seu marido, o guitarrista-titã Tony Belotto. Hoje a festa é sua. Hoje a festa é deles.

É apenas mais uma daquelas festas, de canapés esquisitos, que logo depois da publicação em *Quem Acontece* a História tratará de esquecer. O vestido de Juliana Paes acaba na cintura. Nada de especial. Apenas uma prise de euforia para manter os convidados por alguns minutos além, muito além do aborrecido mundo dos comuns. Sorria. Congele o sorriso por meia dúzia de segundos. O flash é o genérico eficiente do Prozac.

São os famosos. Uma atriz que gravou a tatuagem "Livrai-me de todo o mal, amém" nas costas divinas, um bombeiro que exibiu o dorso nu num calendário e mais dezenas de senhores que, antes mesmo de saírem na próxima edição da *Chiques*, podem ilustrar os jornais num novo escândalo de corrupção. Um deles, jovem-empresário-conquistador, tinha sido acionado, ainda naquela tarde, a depositar em juízo os R$ 2 milhões pela contratação de um show, jamais pago, dos Trapalhões em 1988. Parecia indiferente aos problemas dessa ordem jurídica ou de qualquer outra ordem terrena. De olhos fechados, sussurrando os melhores versos da canção dentro da orelha da namorada, ele dançava ao som da balada "Ruby", cantada por Ray Charles.

Os candelabros do Copa não pedem folha corrida de seus iluminados. Projetam luz em todos com a mesma dignidade e honra. Há quem lave dinheiro nos gerentes gentis dos bancos suíços. Festas de celebridades lavam a imagem na legenda elogiosa de um redator estressado.

Estão todos reunidos aqui para a festa de lançamento de uma novela da Globo, uma oportunidade carioca de se ver no mesmo salão um senador da República, um travesti montado de Carmen Miranda, outro de Marilyn Monroe e uma cineasta com dificuldade de explicar o que fez com o dinheiro que o Estado lhe deu para filmar. São todos iguais esta noite. Recepcionistas empertigadas sorriem para um ponto vago no salão onde não tem ninguém. Leram a vida de Adriane Galisteu e sabem que a loura milionária já esteve ali em outra encarnação, faiscando com os olhos o mesmo mantra esperançoso – "me descobre, moço, me descobre".

Numa festa de celebridades roça-se o mito. Isso dá onda, eleva e consola a dor anônima. É a droga do momento. Ninguém está aqui exatamente para se divertir. O prazer é quase zero. Não há muito o que fazer a não ser circular e, como vai?, fixar o sorriso. O papo é outro. Trabalho. Esta festa é a que os manuais chamam de "para produzir imagem". "Oportunidade de foto". Aparecer. Representar. Dar a cara ao tapa do flash. É o business da coisa, uma convenção ao estilo da profissão, com atrizes de vestidos transparentes, mas todos visando gerar negócios como qualquer fórum de empresários. A ata será escrita em papel quatro cores por cachos e cachos de fotógrafos, aqueles que estão ali gritando "ei, Gilberto, dá um selinho na Deborah", "ei, Fábio, olha pra cá".

A produção da festa da novela "Celebridade" despejou caixas de uísque 12 anos, litros de suco de melancia e espera que todos aproveitem a vitrine. Posem o que imaginam ser o novo Gatsby, o novo Valentino, o novo ai meu deus! da mídia. O marido da ministra que viajou com dinheiro público para congresso de evangélicos está de chapéu-panamá. O ator de "Malhação", de gorro hip-hop. Alhos, bugalhos, todos na bolha protegida dessa existência cheia de galhos. Estão nem aí, como na letra da música que enche a pista de dança. Mas sem censura, sem moralismo. São os tempos e as técnicas dos novos trabalhos.

Suaves, dentro do ar-refrigerado do Golden Room, as celebridades brincam de novela e deixam-se cegar pelos flashes para tudo o que lá fora é a quente apoquentação dos trópicos.

CASAMENTO, UM DIA ISSO AINDA DÁ CERTO

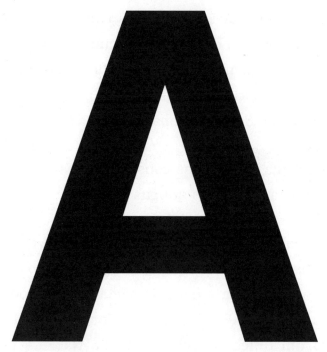 Juliana Paes estava na minha frente. Estava dentro de um vestido vermelho-sonho-de-valsa que lhe atochava divinamente as curvas como se fosse segunda pele e prova definitiva de que há um, só pode, Criador supremo e ecumênico esculpindo essas montanhas de fé e bombom.

A Juliana Paes estava na minha frente quando Angélica, ao som de "Eu sei que vou te amar", entrou na passarela e pisou aqueles passos que toda mulher ensaia desde a primeira infância rumo aos braços do sujeito, no caso Luciano Huck, que a desposaria e para sempre na doença e para sempre na felicidade a toparia até o fim do sempre.

Era um momento bonito.

Havia a Juliana, a Angélica grávida e todos aqueles candelabros de velas acesas sobre as cabeças. Havia ainda um tapete interminável de folhas de fícus sussurrando boas energias ao toque do couro italiano de endinheirados paulistas. Havia enfim um cenário que os jornais no dia seguinte classificariam com razão de "mil e uma noites", de "sonho".

O problema é que eu só conseguia pensar em Ibrahim Sued, o colunista social das antigas.

Eu só conseguia pensar no velho turco me explicando, milênios atrás, que tinha dado um único conselho para a filha, Isabel, que se casaria naquela semana. Com toda a sinceridade que o acometia e era gênero, Ibrahim me disse que tinha dado um único conselho à moça. Não era nenhum existencialismo fugaz, que o colunista social não era homem de platitudes filosóficas. Vivia da objetividade jornalística, e foi com um texto desse estilo que aconselhou a filha a perseguir a tal felicidade eterna no casamento.

Assim:

Pediu que ela, Isabel, por mais anos de casamento que já tivessem rolado, por mais intercursos que já houvesse usufruído com o cônjuge no leito amoroso, que ela, Bebel, jamais, eis o conselho, fosse ao banheiro de porta aberta. "A intimidade degenera a felicidade", dizia Ibrahim naquele seu jeito curioso e que eu, repórter de mais um "casamento do ano", o primeiro da minha coleção de núpcias célebres, todas já desfeitas, anotava para os leitores de uma revista semanal.

Foi há muito tempo, mais ou menos no momento em que Angélica e Luciano deviam estar materializando, com suas existências louras, aquele brilho de desejo nos olhos de papai e mamãe. Hoje, o conselho de Ibrahim não serve para casal algum. Não adianta fechar a porta. O cheiro do tédio escapará pela fechadura. Tempos depois, tentando dar uma mãozinha na felicidade conjugal, os arquitetos desenhariam casas com um banheiro para ele e outro para ela. Definitivamente, o problema não estava no uso compartilhado do vaso sanitário – e a bossa arquitetônica, por mais que os conselheiros conjugais do Casa Cor insistissem, também não deu certo. Grana jogada fora, madame. Amor não se azuleja.

Foi uma noite linda, repito, aquela pisada em outubro de 2004 sobre as folhas de fícus da Marina da Glória. O casal feliz na dança das cadeiras judaicas, a Naomi Campbell puxando o cigarro em cima de mim e eu, sempre mané sem o Zippo dos canalhas, negando fogo. Tudo muito chique, mas a toda hora o turco Ibrahim passava com a questão que não se calava nem diante da boca cheia do croquete pós-moderno de Nekka Menna Barreto. O que aconselhar a um casal tão simpático para que ele não repita seus pares e, daqui a meia dúzia de edições, apareça na capa de *Caras* dizendo que, bem, sorry, não deu?

Como ajudá-los a desmentir Millôr em sua célebre oração de "Como são felizes esses casais que a gente não conhece bem" se a coisa ficou ainda mais perigosa? As celebridades casam e descasam tão rápido que agora também são os casais que não se conhecem bem.

Como aconselhar? Sem fazer piadinha dizendo que o pior casamento é aquele que dá certo, sem amargura de quem viu o filme que passava aquela semana na cidade, "Antes do pôr do sol", e percebeu que o casal da tela é feliz porque passou apenas 14 horas juntos. Como aconselhar Angélica e Luciano a não transformarem o mais lindo sentimento numa cruel pensão de alimento?

O casamento moderno é mais ou menos como o PT no governo. Todo mundo desconfiava que não ia dar certo, mas era preciso tentar pelo menos uma vez e tirar a cisma. A idéia é ótima. Mulheres, esses seres que estão sempre indo à taróloga, encontram homens, esses seres que estão sempre indo ao Real Madrid e Milan. Como lhes bateu uma química durante o chopinho pós-escritório, resolvem lixar as diferenças e combinam que serão felizes para sempre.

Assim:

Ele se esforça para dormir abraçadinho. Em troca, ela não discute a relação. Anulam-se as esquisitices. Leite e mel jorram sobre a cama, de onde o casal em êxtase bíblico-amoroso jamais sairá.

Um dia isso ainda vai dar certo.

O homem começou a mapear o genoma há muito menos tempo e já conseguiu êxito. A fórmula do casamento vem sendo tentada há séculos, em todas as raças, línguas e culturas, e até agora ninguém gritou "eureca!". Se Ibrahim errou, se Woody Allen garante que você só conhece sua esposa depois de cruzar com ela num tribunal – bem, não sou eu que vou dar pitaco em matéria tão complexa. O casamento já estava nos desenhos das cavernas egípcias. Quem sou eu, primo?!

Torço para que Luciano, por mais que os dias passem e o inesperado pare de fazer surpresas conjugais, torço para que ele continue achando a manchinha na coxa da esposa Angélica um milagre de delicadeza obrado pelos deuses da pigmentação, e não um caso a ser corrigido por um dermatologista que ela deve consultar logo – mas só depois de passar as minhas camisas, tá ouvindo? Folhas de fícus costumam dar sorte.

COMO NÃO TIRAR A ROUPA NA TELEVISÃO

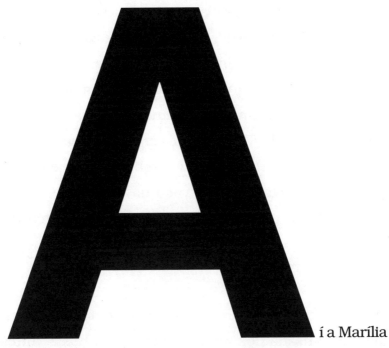
í a Marília Gabriela se debruçou como lhe é de estilo sobre a mesa do programa de entrevistas. Era o momento que eu mais temia. De casa, como espectador, já tinha percebido que aquele gestual de Gabi, uma atriz e jornalista da pesada, era a caneta vermelha com que ela sublinha visualmente a cena de maior carga dramática de suas notáveis entrevistas na televisão. Dessa vez eu era o entrevistado.

Tremi discreto, apenas com o cantinho do pâncreas, certo de que câmeras e microfones não alcançariam o deslocamento das minhas placas tectônicas. Lembrei que devia ter mandado Detefon em meu lugar, lembrei que lugar quente é na cama ou então no Bola Preta. Tarde demais. Estava num estúdio congelado em São Paulo. A boca seca, de pavor sincero, me dava a sensação de portar beiçolas tão botocadas quanto as da Angelina Jolie. "Perdi, perdi", eu podia ver essa declaração de fracasso passando na minha testa como se fosse um letreiro de notícias em Times Square. Era aquela hora decisiva em que os homens se separam dos meninos. A hora em que a maior entrevistadora da TV mistura pergunta crua com técnica de atriz dramática. Ela se debruça sobre a mesa e anuncia a milhares de espectadores em volta da arena que, olé, chegou a hora de cravar a espada fina no cangote desse touro acuado.

O touro era eu.

Foi aí que Gabi olhou intensamente verde no fundo da menina cansada dos meus óculos castanhos e, antes que eu registrasse o pensamento interior de migo para comigo mesmo – antes que eu me murmurasse "caraca!, como essa mulher é bonita vista assim tão de perto" –, foi aí que Gabi, com aquele texto curto dos grandes mestres das entrevistas, ao mesmo tempo que um fado triste começou a cantar na minha cabeça dizendo que "olhos verdes são traição/ são cruéis como punhais" – foi aí que ela me mandou a pergunta de chofre na lata das orelhas:

"Joaquim, como você convive com a solidão?"

Eu sou um jornalista. Apenas um desses sujeitos estressados que passam a vida inteira no bar, com uma peninha hollywoodiana no chapéu, mendigando novidades. Um cara viciado na técnica fria de expor com objetividade, sem envolvimento, os fatos, as cenas e as opiniões passadas com os outros. Sejamos lusitanamente simples. Esse cacoete profissional, sempre de olho no lance externo, no pão-pão-queijo-queijo da existência, faz com que as vaguitudes internas da própria emoção nunca sejam confessadas. Solidão? Eu? Como assim? Além do mais, se o poeta falava do ferro nas montanhas de Minas para explicar o perfil duro de suas sensações sob controle, eu costumo lembrar que uma certa pedreira nos subúrbios da minha infância também deve ter feito seus estragos. "Um coração de pedra", acusava uma ex-namorada. Boa moça. Eu não diria que estivesse errada.

Gabi esperou. Ali pertinho, no exame rápido de suas pupilas dilatadas pela tensão do jogo, eu senti que Gabi gostaria, e eu só posso lhe ser ainda mais agradecido por tamanha confiança intelectual, de receber como resposta uma crônica ao vivo de cinco mil caracteres sem espaço. Afinal, ela me sabia biógrafo de Antonio Maria, o craque existencialista que definiu a solidão como aquele momento em que o coração, se não está vazio, sobra lugar que não acaba mais.

Maria era um poeta. Escrevia de vez em quando jornalisticamente sobre o que se passava na noite do Rio, seus shows e restaurantes. Mas tornava-se grande mesmo quando expunha as entranhas no papel e sapateava sem pudor, bandeiroso, ninguém lhe amava, ninguém lhe queria, sobre o que lhe machucava a alma. Não por acaso morreu do coração. Não por acaso sua última palavra publicada foi "solidão". Não por acaso nada disso é o caso deste sujeito que se começou a narrar lá no início, o touro perguntado por Gabi como administrava a sua.

Um cronista de jornal, e tem de haver alguma vantagem ao se entrar num negócio desses, é um fingidor. Pode até inventar uma solidão que não existe, mas tem tempo para a tarefa e ninguém está vendo como ela se constrói na tela do computador. Ganha a vida inventando assunto. O resto do jornal já está impregnado demais de realidade. A crônica é a hora em que o editor encarrega o maluco de descobrir uma pasárgada qualquer, uma maracangalha outrossim, mas tudo, pelo amor de Deus!, bem longe dos hospitais e da violência do Rio. É a hora da Redação e o Leitor respirarem aliviados. O cronista deforma as cenas ao gosto da pena e fica por isso mesmo.

Um programa de entrevistas de TV é justo o contrário. É vida real em estado bruto – embora seja uma indelicadeza, e desde já me desculpo, a aparição de uma palavra dessas numa frase em que ao final vêm o nome e a flor de Marília Gabriela.

Senti o dedo do operador de câmera fechando o foco sobre a solidão da menina dos meus óculos e a necessidade urgente, provocada pela pergunta e pelo show televisivo, de que eu e a tal menina ficássemos com os sentimentos nus. Foi aí que o "perdi, perdi" voltou a passar pelo telão da testa. Eu devia ter pedido um dó maior ao regional do Caçulinha, mais retorno ao técnico de som do estúdio e atacado, dando o crédito a Paulinho da Viola, de "Solidão é lava/ que cobre tudo/ amargura em minha boca/ sorri seus dentes de chumbo". Diria ao final que é tudo o que sei sobre o assunto. Mas só em espiritismo se tem tanta presença de espírito. Lamentei por antecipação que o ibope vá despencar quando o programa for exibido, mas respondi o que me estava ao alcance, alguma desinteressência tipo "aplaco a solidão fugindo para uma quadra de tênis e exercito o backhand". Ridículo, mas fazer o quê?

Pode ter sido a pedreira suburbana, timidez, falta de jeito. Desculpe, Gabi, não foi por mal. Um cronista só fica à vontade, e tira a roupa, quando está no jornal.

INSTALE AINDA HOJE O SEU HUMILDIFICADOR

enta que lá vem história. Na primeira delas vamos encontrar o lamentável marechal Costa e Silva visitando as instalações do *Jornal do Brasil* na avenida Rio Branco. A cicereoneá-lo a muy digna proprietária do estabelecimento, a condessa Pereira Carneiro. Ao se aproximar o fim do tour, ela informa ao presidente que no dia seguinte o JB noticiaria a visita em suas páginas. O segundo chefe da ditadura militar, com a elegância que caracterizava a classe, quis saber mais:

"Vai ter elogio?"

A condessa, constrangida com a cara-de-pau do cara, informou-lhe, com jeitinho, que, hum, bem, não haveria. Seria feita uma reportagem sem comentários, objetiva, como é da boa norma jornalística, da passagem do presidente pela casa. O marechal foi-lhe sincero:

"Desse jeito não precisa não, condessa. Eu gosto mesmo é de elogio."

Na segunda história, vamos encontrar entrando numa festa o diretor Daniel Filho, um currículo enorme de grandes realizações na TV brasileira. Daniel cumprimenta uns e outros, até que chega ao grupo em que um conviva está cercado de barbudos e cabeludos por todos os lados. Ao mesmo tempo que aperta a mão do diretor, o sujeito vira-se para a roda. A pretexto de apresentação, anuncia:

"Pessoal, esse é o Daniel Filho."

E depois de fazer uma pausa enfática para que todos anotassem bem a que tipo de gente o recém-chegado pertencia, foi em frente na apresentação:

"Ele adora um sucesso."

Continue sentado porque lá vem mais história.

Sucesso e elogio são dois dos mais lindos bálsamos semânticos da língua e eu sugeriria a esses deputados sempre em busca de algo desnecessário a se apresentar como projeto de lei que fosse instituída uma Bandeira Brasileira do Bom Profissional. O mesmo retângulo verde, o mesmo losango amarelo e a bolota azul. Sairia apenas o "Ordem e Progresso" da faixa entre as estrelas para dar lugar ao "Sucesso e Elogio".

Eu gostaria de provar dos dois, quem não? Qualquer caixa do Bradesco ou cientista de Manguinhos está em busca dessas delícias perigosas. No Brasil, sucesso é ofensa pessoal. Elogio, em qualquer parte do mundo, nunca satisfaz a nossa enorme fome de reconhecimento. Elogio-e-sucesso, como a banana da música do Braguinha, engorda e faz crescer. Os Ronaldinhos ficaram mais bonitos depois, é ou não é? Mas leia a bula. Há efeitos colaterais desagradáveis da ingestão sem cuidado daquelas bananas.

Uma antiga namorada diria que eu não passo disso, frankenstein leonino surgido do cruzamento do Costa e Silva com o Daniel Filho. *Desacordo*. Ela não sabe, por mais boa moça que seja, coitada, que um jornalista tem no conteúdo da sua caixa postal diária um cirurgião plástico eficiente para lhe corrigir na cara e na alma as monstruosidades que sucesso e elogio podem fazer ao ego e perfil. Não uso Pond's. Ao bisturi do Pitanguy também nunca fui acertar problemas de máscara comportamental. Para manchas e espinhas do caráter uso o santo remédio – o e-mail do leitor que não gosta. Do leitor que não te acha essa Coca-Cola toda. Que denuncia a pobreza das tuas vírgulas. É o mais fantástico corretor facial existente no mercado.

Tenho dúzias de e-mails desse tipo arquivadas, e sei que novos chegarão. "Quanta falta de assunto", dizem sempre. Guardo com especial carinho aquele que já nas primeiras horas de uma manhã de segunda-feira abria os trabalhos da minha correspondência. O leitor tinha acabado de sobreviver ao embate com não sei mais que crônica. Foi curto e grosso na opinião: "Ai que saudade do Rubem Braga. Desiste, cara." Um bom-dia desses, desde que cheguem outros na direção oposta, deixa qualquer um no seu tamanho exato. É a senha para você se levar menos a sério. Dá equilíbrio. Tira o salto.

"Eu moro em Niterói, faço crônica para um site da Califórnia e sei como é", disse outro leitor. "A inspiração não veio hoje, né?"

O jornalismo diário, com sua enorme possibilidade de erro e a espetacular exibição pública desses fracassos, os mais discretos deles transformados imediatamente em e-mails esculhambatórios ao seu responsável, no caso este que vos digita, é a minha versão particular do "humildificador". Trata-se de um "aparelho virtual" patenteado pelo psicanalista Francisco Daudt. A engenhoca ativa uma área cerebral que costuma ficar sem uso: a noção da nossa própria desimportância. Ao longo do dia, o humildificador sussurra nas orelhas do seu portador um mantra básico para cortar qualquer possível efeito alérgico da ingestão da droga moderna do elogio-e-sucesso. "Menos, bicho, menos." Se o papa morre, você, então, nem se fala. Pega leve. Se toca. Olha a pose.

Rhett Butler, grande filósofo do século passado, estava certo quando olhou nos olhos de Scarlett O'Hara em "...E o vento levou" e mandou outra das frases que ativam o humildificador de Daudt: "Francamente, querida, eu não estou nem aí para isso tudo."

Agora senta que lá vem a última história.

Séculos atrás, na TV Continental, canal 9 do Rio de Janeiro, Fernando Lobo entrevistava alguém cheio das importâncias.

Entrevistado: "Bem, Fernando, eu não sei se eu posso responder a sua pergunta aqui na televisão."

Fernando: "Ah, claro que sim. Fala aí. Ninguém assiste a este programa mesmo..."

Fernando Lobo já usava, tenha um também. O humildificador está à venda nas boas casas do ramo. Instale hoje mesmo e viva a delícia feliz da nossa humana desimportância.

TRANCADO COM GISELE NUM CAIXOTE DE CERVEJA

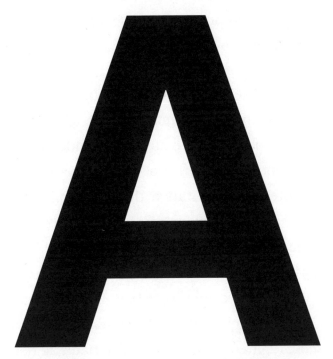 Gisele Bündchen me gritava "Eu não sei sambar, cara, eu não sei sambar", e eu ali, espremido feito um japonês na estação Shibuya do metrô de Tóquio, eu ali no meio da galera reportativa no camarote da Brahma tinha vontade de dizer que também não, gata, que por causa disso, por não saber dançar, como num anúncio antigo da minha infância, eu tinha perdido muitas oportunidades, chegado mesmo a pensar em fazer um curso na academia de dança do professor Moraes, mas que o problema era dela, onde já se viu?, ela estava ganhando U$ 150 mil, e que se o Nizan Guanaes me desse algo parecido para botar uma camiseta e segurar uma latinha de guaraná, eu poria um gás agradecido na cena, e dançaria não só o samba, mas o let kiss, a macareña, o bigorrilho, a valsa vienense, o

escambau a quatro, tá ligada?, se o Eduardo Fischer, o gerente da Nova Schin, só pelo prazer de provocar a concorrência, me desse tamanha nota, eu me obrigaria a mais, meu bem.

Eu saberia direitinho, sem ter que ir ao dicionário agora, sem ser mais uma vez humilhado pela ignorância, eu saberia se a grana que a Gisele estava ganhando era uma soma "vultuosa" ou uma soma "vultosa" para colocar neste texto e seguir em frente nesta tentativa de acelerar a evolução da escola, não parar para pensar muito, de incorporar a prosa espontânea dos beatniks e relatar, como se me fosse escapulindo aos borbotões da memória, sem estilizar muito a coisa, sem perfumar demais a inculta e bela flor do Lácio que nos deram, as 48 horas que passei trancado nesses camarotes carnavalescos, lugares em que não se vê nada do desfile, mas em compensação você ocupa um milésimo de segundo na pupila azulada da Gisele Bündchen, percebe que a Carolina Dieckman bate na cintura da tua namorada, e descobre, quando vê passando o Fabio Assunção dentro de uns óculos enormes, que Deus é justo.

Deu um cabelo daqueles ao cara mas não lhe ensinou o fundamental, a necessidade sábia de imersões diárias, por mais que os olhos sejam lilases, por mais que a pele seja tenaz, Deus, em seu maravilhoso senso de ironia, negou ao galã a informação de que é preciso, para que a beleza não sobre marrenta demais, é preciso, para que a exibição do élan não vire Casseta e Planeta demais, é preciso repetir todo dia o mantra divino de "menos, baby, menos", e tomar um banho de imersão no humildificador da crônica anterior, aquela cabine vendida em qualquer C&A, o Coração e Alma, em que todos devemos nos meter por alguns minutos para, seja Gisele, seja Fabio, perceber que a vida não é só isso que se vê, é um pouco mais, é algo que os olhos não conseguem perceber, é uma necessidade de fazer menos pose, de descer do camarote, do salto agulha, de refletir sobre os valores menos bronzeados da existência e, como eu faço agora, dar um tempo, parar para pensar, respirar fundo, puxar o freio de mão, chutar o balde, dizer "comigo não, violão" e, ufa!, que correria insana, vamos abrir uma cerveja e ponto parágrafo também.

Bebe-se muita cerveja nos camarotes de carnaval da Sapucaí e quando é de graça, então, bebe-se mais ainda, por isso, quando a Gisele, desatendendo meus pedidos para sambar sambando e ficar melhor ainda na foto, quando ela disse que não sabia como dançar e preferiu posar abraçada com o Paul Allen, o careta milionário da Microsoft, eu achei que aquilo tudo era malte, lúpulo, cevada, um acontecimento relicário de real valor, achei que aquele auê de disparates fermentados, cheiro de lança-perfume o tempo todo no ar, aquela cornucópia toda de gente se azarando em quase-desespero dava um samba do cronista doido, uma versão carioca do filme "Encontros e desencontros".

A única coisa a fazer dessa vez, graças a Deus, graças ao genial Laíla, carnavalesco da Beija-Flor, não era tocar o tango argentino, o melhor a fazer era não fazer mais ponto parágrafo nenhum e atravessar a gramática na avenida Camões, era apostar nas vírgulas, pôr fé nas mulheres sampakus, juntar tudo correndo, como se fosse uma escola passando em 80 minutos, e tentar tirar algum nexo dessa vida off que são as 48 horas de prisão num camarote de cerveja, uma maluquice carná-bizarra onde você esbarra numa boxeadora do Big Brother, grita perguntas sobre o sentido da morte dentro da orelha viva do Drauzio Varela e ninguém tá muito aí, sabe como?

Tá todo mundo cansado de já ter visto tudo, ninguém liga se a fila do banheiro dos homens de repente ficou enorme porque dois caras foram às vias de fato dentro de uma das cabines, trancaram as portas, abriram as mentes e, desgovernados como um carro alegórico do segundo grupo, deram vazão ao prazer amoroso entre carnes iguais, tudo mais ou menos do mesmo jeito que estava na comissão de frente da Grande Rio, uma escola em que, aliás e a propósito, já que estamos nesta prosa beat-espontânea, nesta correria de assunto que puxa assunto, uma escola em que duas amigas chegadas, meninas criadas nas finas escolas do Rio de Janeiro, desfilaram de camisola num carro angelicalmente chamado de "Suruba", as duas radicalizando em minha frágil alma de menino nem um pouco carnavalesco o drama de sempre, aquela música de Freud e Caetano sobre o nunca saber onde elas colocam o desejo, o nunca entender em que apoteose da existência essas doidas maravilhosas vão confundir ainda mais minha exaltação romântica e, como naquele baile antigo de Sábado de Aleluia, elas vão pegar no ganzê, botar a Gisele pra ganzá e cremar minhas tristezas.

O VIBRA-VERBO ESTALA VIGOR DE VIDA NO SEXO

Sexo. Não se assuste. É só uma maneira, curta e grossa, de vibrar bom jornalismo e ir direto ao assunto. Sexo. Eu acabei de ler as cartas de James Joyce para a mulher, no volume de *Cem Melhores Histórias Eróticas da Literatura Universal*, e ele só pensava nisso. Vi, tardiamente, "Irreversível", de Gaspar Noé, e lá estavam elas, em seu estado mais sublime, as quatro letrinhas que molham. Sexo. Achei que eram desculpas suficientes para introduzir, colocar, inserir, ir com tudo, cutucar, partir pra dentro, botar a língua num assunto que, gritando sempre tão alto, roubou todos esses verbos para seu uso exclusivo. Sexo. Com muito duplo sentido. Deixa, por favor, deixa eu também meter o dedo nessa ferida. Segura só.

Tenho, por necessidade profissional, assinatura do canal Sexy Hot e confesso que ele não só já me ajudou no trabalho solitário de escrever artigos sobre televisão e o to be or not to be da existência como também me proporcionou, em noites agitadas, chegar mais rápido ao gozo supremo de fechar os olhos e, loucura loucura, dormir bem gostoso. A assinatura custa uma mixaria ao mês e não cria a dependência química dos remédios. Recomendo.

Ver no Sexy Hot um casal depois do outro, geralmente por trás do outro, recitando ao infinito aquele mantra de "aaaaaaahhhh" e "uuhhhhhhh", copulando segundo as normas do erotismo pornô, ver um programa desses é uma das mais eficientes versões modernas para o velho hábito de contar carneirinhos. Não tem erro. Dorme-se muuuiiito.

Sexo, sem querer pegar carona na poesia jaboriana de que amor é pagão, sexo é invasão, eu diria que sexo, se é que eu estou ligando o nome à pessoa, sexo, se não me falha a memória, é coisa que eu nunca vi passar no Sexy Hot.

Pode ser que os casais dos filmes me esperem dormir para, aí sim, adentrarem no melhor do sexo, que é quando rola a grande sacanagem – a saliência da intimidade. Acho pouco provável. Acho, e quem acha tanto acaba se perdendo, que quando eu durmo eles correm é para fazer o mesmo, cansados da repetição daquela aeróbica truculenta. Em alguns momentos são tão repetitivos que eu já jurei ter visto um rapaz fazer nos seios de uma moça o mesmo gesto do operário do Chaplin, em "Tempos modernos", torcendo pela milésima e triste mecânica vez os parafusos da máquina. Se eu fosse crítico de cinema poderia ver ali um sinal de metalinguagem. Mas o problema do pornô é justo esse. Mete-se tudo, menos linguagem.

Amor é inverno, sexo é tanta coisa e apenas mais um motivo para se passar um óleo de amêndoa no assunto, virá-lo de ponta-cabeça e sugerir que, devagarinho, pelas costas do Sexy Hot, se vá até a locadora e pegue um DVD de "Irreversível". O filme, na maior parte do tempo uma experiência radical de câmera e violência, traz no seu umbigo, como contraponto de felicidade, uma das mais bonitas cenas de sexo da história do cinema.

Amor pode ser livro, mas sexo não é uma aula de educação física, como quer o Sexy Hot. Sexo, se tivesse uma cadeira, e é sempre bom que tenha uma por perto, não seria Anatomia. Sexo é Diplomacia. Se é que, desculpem, começo a cantar uma marchinha antiga de carnaval, estamos falando do mesmo gentil e determinado canudo.

Eu não sabia, foi a cinéfila cubista do Estação quem me contou e nela boto tudo que é malícia, picardia e fé: o casal rolando na cama de "Irreversível", cuspindo com carinho as mais torpes fantasias do sexo oral na orelha do outro, é casado na vida real. Faz sentido. Nada daqueles esgares ridículos que mais parecem Jason, o carniceiro, pegando de jeito Carrie, a estranha. Nada de estocadas profundas e dolorosas. O chicote que estala na pele do casal de "Irreversível", e daí nasce o erotismo da cena, a descoberta de novas zonas de prazer, uma diagonal molhadinha conectada do lóbulo ao quarto gomo do frontal, o chicote é o do verbo amoroso.

Os atores das pegadinhas do Sexy Hot dão a impressão, embora as atrizes dêem muito mais que só a impressão, que acabaram de se conhecer no estúdio. Não se beijam na boca no intervalo, muito menos durante, das cinco posições repetidas em todos os filmes. Confundem a relação com um festival de violência física. Sexo entre desconhecidos, gente que chega ao orgasmo sem se abraçar, é brochante. Mais triste, a língua está sempre no lugar errado, é o sexo mudo desses atores pornôs. Os homens acham que o "V" da vida é o Viagra. As mulheres acham que é vibrador. Eu já desconfiava e agora, depois de "Irresistível", depois de ler as cartas de James Joyce para Nora, também não tenho mais dúvida e vos digo. O "V" que estala vigor de vida no sexo é o vibra-verbo dos amantes íntimos.

Você não precisa engolir pílula e emporcalhar o fígado de azul, não precisa comprar pilha radioativa e poluir o ecossistema. Basta jogar, dentro da orelha fria, como ensinava o jovem poeta morto, segredos de liquidificador – e agradecer a Deus pelo suco que vem, abre a boca que vem, desse chacoalhar divino de frutas. James Joyce concorda. Distante da amada, o escritor dirige-lhe em cartas palavras que recuperam o jogo amoroso dos dois. Nada a ver com as experiências formais que ele andou fazendo em *Ulisses*. Joyce enche a boca e a mão de Nora com o verbo cru dos casais. Endurece o sussurro sem perder a ternura da intenção, essa saliência subversiva que põe nexo, graça e rima no encontro do côncavo e do convexo.

Joyce, sempre à frente de seu tempo, já sabia. Falo sem fala não é sexo. É só Sexy Hot.

DEUS ME LIVRE DE GANHAR UM BEIJO NO CORAÇÃO

nterrem meu coração na curva do rio, rápido, pois essa é a única maneira de poupá-lo de um dos meus pânicos modernos – as pessoas, pelo menos as que se tentam apresentar mais sensíveis e gente boa, estão mandando como prova de carinho e ternura um beijo bem gostoso no coração. Não me façam tal, por favor. Ainda não cheguei à idade de dispensar qualquer tipo de beijo. Desse, no entanto, caio fora. Peço licença para mandar Detefon em meu lugar.

Não me beijem o coração, ressuplico. O colesterol anda péssimo, as desilusões amorosas não cessam, ele é um pote até aqui de água malparada. Nada porém me é pior ao já combalido do que a ameaça do tal beijo. Sobra gordura desse afeto, esparrama açúcar dessa afeição molenga. Não levem a mal se recolho o carcomido para dentro da camisa, se o tranco ainda mais por detrás das costelas portuguesas. Desculpem. Deve ser por timidez, cosquinha, herança da loura que se mandou mês passado – escolham o motivo.

O velho poeta pernambucano pedia que não se perfumasse a flor. Contenham-se nos arroubos estéticos desnecessários, ensinava com o verso enxuto. Eu, peladeiro suburbano, sem nenhuma lição artística a oferecer com minhas esquisitices cronicais, rogo apenas que não bombeiem melado pela aorta já com 112 pontos de glicose. Esse beijinho doce que você me trouxe, glacê de bons sentimentos, mata de tão cafona.

O beijo no coração é derramamento hippie do politicamente correto, uma necessidade hiperbólica de realçar, sublinhar, olha só, como estamos impregnados não apenas das boas causas mas das boas palavras. Papo-furado. Não faz bem nenhum. O tal beijo é banha pura. Enseba os ouvidos. Não é só a população, como vi outro dia numa pesquisa do IBGE, que está mais adiposa. O carinho também ficou balofo.

Se duas maravilhas indiscutíveis da civilização, beijo e coração, com todas as suas conotações de prazer e sentimento, estão juntas na mesma frase, ficaria tudo barra-limpa.

Definitivamente, estaríamos do lado das forças corretas. Mas não é bem assim. É acúmulo de toucinho simpático, piscinão do colesterol ruim onde mergulham os que fogem do beijo certo. O beijo no coração substituiu a falsa gentileza do tapinha nas costas. Deus me livre de ser tão querido!

Despejem o ursinho blau-blau da conversa. Passem mão de tinta adulta no quartinho cor-de-rosa desse bicho. Eu sei que os tempos são cruéis. Sei de todo o horror dos primeiros cadernos dos jornais. No meio do açougue terminal das almas em que nos metemos deve ter alguém achando que, sabido de todo esse bode, mandar beijo no coração deveria ser saudado com aplausos. Não acordo. É tudo parte do mesmo e pavoroso crime, um estilo de contrapor ao horror da barbárie a pasmaceira radical dos tolinhos.

Cuidado com os dois.

Há bandidos demais ao redor, alguns esperando apenas a edição de amanhã para serem declarados como tal. Do outro lado do ringue, o oponente pelas forças do bem não pode ser o escoteiro medíocre que oferece hóstia vazia em troca da glória suprema – ser reconhecido como "muito gente". Olho vivo nessa turma.

Sempre vestidos com uma camiseta onde está escrito "Nada contra", há que lhes temer – hum, aí tem! – a subser-

viência gentil, a obsessão samaritana, a retidão ong, a bene-
merência de crachá e a doação de um quilo de alimento não
perecível para a arquibancada. O falso boa-praça, com sua
insistência em se mostrar mais gente fina que todos, querendo agradar geral e nunca conjugando o verbo não – será que
ninguém percebe que esse cara sufocando o coração dos outros com seus beijinhos é muito chato e perigoso?

Não há nada que se queira mais próximo do que os
donos das boas palavras, dos bons gestos e da alegria amiga.
Vivam todos e cheguem mais. O beijo no coração, filho espú-
rio do casamento de locutor-FM com heroína de novela mexi-
cana, é outra coisa. Parece novo-rico que acabou de chegar à
linguagem afetiva e exagera juntando duas jóias lindas mas
incompatíveis.

Desconfio da intenção fofinha.

Falta sinceridade na gratidão ternurinha.

Os taxistas cariocas e os motoboys paulistas dão pro-
vas definitivas de que o brasileiro não é essa cordialidade
toda que andaram escrevendo nos livros. Xavecos do saci-
pererê. O beijo que se aplica agora nesse músculo improvável
soa como mais uma palavra de ordem rumo ao troféu de outro desvario nacional – somos o povo mais bom coração do
mundo.

E porque assim somos, quietinhos esperamos. Enquanto não vem o espetáculo do crescimento econômico, assistimos, ursinhos fofinhos, ao espetáculo do sentimento. Falta emprego, esse aborrecido detalhe estatístico. Mas sobra afeto e um beijo muiiiiiiiiiiito gostoso no coração de todos vocês.

PARA A

QUE C

SOBRE

DAS Á

sua gata

MULHER
AMINHA
A COPA
RVORES
minha uva, nosso avião

O UMBIGO DA MOÇA DA CAPA

orogodó. A palavra pode ser muito velha e a orelha da gata em que assopro o galanteio muito nova. Mas acho que a moça da capa tem. Não exatamente no mesmo lugar em que tinha a Angelita Martinez e a Carmen Verônica, vedetes em que o borogodó ficava exatamente ali, naquela curva escandalosa onde o divino e um bom espartilho da Casa Futurista formatavam o triângulo busto-cintura-quadril. Toda vedete era um violão, música maior do Criador. Sorte de quem tocava suas cordas ou, bububu no bobobó, estava na platéia das revistas da Praça Tiradentes.

Não sei, em seguida, quem veio primeiro. Se a guitarra Fender ou a modelo Twiggy. Foram mais ou menos contemporâneas, meados dos anos 60, e similares. Achatadas. Paranóicas. As guitarradas provocavam dissonâncias. A manequim magricela, muita mancha roxa quando acertava o parceiro com aquele osso dos quadris. Foram-se todas. Não há mais solo de guitarra no rock. Olívia Palito também não cruza a passarela.

Eu pediria permissão ao poeta Murilo Mendes, perenemente em pânico e em flor, para atualizar o verso em que dizia o mundo começar nos seios de Jandira. Não mais, mestre. O mundo começa no umbigo da moça da capa. O foco mudou. Eu diria que Daniela Cicarelli cabe melhor no papel de Vênus calipígia. Luana Piovani seria legítima sucessora dos seios de Jandira. Todas lindas, mas não tem para ninguém.

O umbigo da moça da capa é o redemoinho da modernidade sensual. O borogodó que abre parênteses para a nova história do formato feminino.

Faz tempo que as mulheres são mais ou menos as mesmas. Não critico. De vez em quando, porém, como se tivessem feito uma reunião especial para discutir qual seria a nova estratégia, elas mudam, todas ao mesmo tempo, o lugar onde concentram a sedução. Já foi na carne farta, e Renoir estava lá. Recentemente, vingaram as girafas, seres de pernas quilométricas, e o fotógrafo Helmut Newton clicou-as para a eternidade. Pode ser que eu esteja ficando minimalista ao extremo. Mas, parem as máquinas!

O mistério delas migrou para o umbigo e acabou na capa.

Assim caminha a humanidade e admiro essa capacidade feminina de acompanhar o design das coisas do mundo repaginando-se a si mesmas. Elas trocaram um borogodó expansivo, como o das coxas roliças e das ancas fartas (nasciam milhões de mulheres assim, onde estão?), pelo pingo umbilical. Isso faz todo sentido num momento em que as melhores escolas de design procuram o mesmo com o traço simplificado de seus inventos. Foram-se as catedrais barrocas das vedetes.

Repaginada a cada estação, a figura da mulher continua sendo o sopro que põe crédito na existência do superior designer.

Freud encucava sobre onde elas colocavam o desejo. Eu quero saber apenas onde as mulheres vão colocar o borogodó, para onde vão desviar nossos olhos depois que arquivarem essas calças de cintura baixa da Maria Bonita.

Havia panos demais sobre o corpo para uma avaliação de rigor científico, mas eu duvido que as panturrilhas com que a Chiquinha Gonzaga se encaminhava até o piano no início do século XX tivessem alguma coisa a ver com as que ajudam Cynthia Howlett, desenvolvidas na malhação, a mover-se hoje sobre as areias do Arpoador. Mulheres são mutantes. É bom que sejam. Precisam perceber apenas que o borogodó de uma nem sempre está no mesmo lugar dos quatro ós abertos da outra. E foi algo assim que eu aprendi com o ator Zé Trindade, divulgador, nas chanchadas dos anos 50, dessa palavrinha que merece ser incluída em qualquer lista das mais expressivas da língua portuguesa.

Ele era um nordestino atarracado, sem pescoço, um sujeito feio de dar dó, mas nos filmes fazia enorme sucesso com o mulherio. Acreditava no seu taco.

Sempre que perguntado como conquistava tantas, Zé alisava o bigode, um horroroso filete de pêlos ralos. Antes que as vedetes de coxas grossas começassem a beijá-lo e o crédito de "Fim" surgisse na tela, ele piscava para a câmera e dava o bizu: "É que eu tenho borogodó." O cômico foi um gênio de sabedoria popular e eu só não entendo por que seu método de sedução não está entre os clássicos da auto-ajuda.

O umbigo da moça da capa é estado de arte e toque final aos incréus sobre a existência d'Ele – que em seguida desligou o celular e se mandou pruma pousadinha em Mauá. Era modelo único. Acabou. Eu, se fosse você, não entrava nessa tortura invejosa de ginásticas e dietas para ter o mesmo modismo que vai na barriga das outras. Eu faria como o conquistador Zé Trindade. Invente e aposte todas as fichas no seu próprio borogodó.

A MULHER DE 50 É O ELO PERDIDO

u vi Vera Fischer nua e você tem todo o direito de dizer grande coisa, meu chapa, porque só não viu quem não tem 50 pratas para gastar com teatro. Vi Vera à vera, naquela hora em que os meninos se transformam em homens, como anunciava o velho filme sobre tempestade no mar, e acho, a propósito, que é um slogan perfeito também para se anunciar uma peça, como a que ela está fazendo, sobre a primeira noite de um homem. São eventos das mesmas proporções monumentais. Divisores de água. Há quem medre. Há quem enfrente as ondas e nesse momento faça surgir dali um leão com forças que ele próprio julgava impossíveis.

Eu vi Vera Fischer nua, mas deve ter sido por isso que me perco em rodopios e não vou direto ao ponto. Não quero falar de tempestade marítima nem leões-marinhos nem furacões louros. Nada disso. Eu vi Vera Fischer nua e, nessa eterna busca em que sempre acabo me metendo atrás das delícias perdidas, nessa caça insaciável do prazer que às vezes julgo terem nos surrupiado, eu, ao mesmo tempo que me alumbrava por estar tão perto da quinta estrela no céu de Vênus, eu, ao mesmo tempo, fui conduzido por meus hormônios peripatéticos a imediatamente viajar no tempo.

Caraca, onde mesmo foram parar essas doidas redondas?!

Elas vinham aos borbotões e ainda esta semana eu vi, já que hoje tomei afeição pelo verbo, eu vi uma das mais estupefacientes delas na chanchada "Camelô da Rua Larga", participando do time das girls que simulavam uma praia na produção, de 1958, da Herbert Richers. Vista assim de agora, coitada, a moça era desprovida, pela fartura das carnes, de qualquer atributo que a levasse ao pano de boca de um filme. Totalmente fora do peso. No entanto, toda desenhada em compasso, foi diante dela que o camelô Zé Trindade parou na chanchada e disparou o elogio ao sabor da época. "Com tanta curva assim", galanteava o pseudogalã nordestino, "não há motorista que não derrape, minha filha."

Eu vi Vera Fischer cheia de curvas no primeiro ato de "A primeira noite de um homem" e sei da vida e do teatro apenas o suficiente para entender que nesses momentos um homem normal teme pela possibilidade de não chegar com o equilíbrio ajustado ao segundo ato dessa grande peça em que nos meteram. Vi-a nu-a, já o disse. Fiquei confuso, como já se percebeu. Mas depois de pensar na tempestade que define o caráter dos meninos, depois de lembrar como eram desenhadas essas senhoras que nos endoideciam, eu acabei chegando ao ponto cronical do assunto, e antes ainda de anunciá-lo aqui, faço um parêntese para agradecer ao Lavolho, o colírio com aquele baldezinho azul que me abriu a vista na infância e hoje me permite botar em foco o que interessa nesta crônica.

Caraca!, como podem ser bonitas as mulheres entradas nos cinqüentanos!

Jamais serei visto desenhando escala de valores numa matéria desse tipo, eu que sempre tive como tipo preferido aquela que, primeiro, está respirando, e, em seguida, a que me dá bola. Todas deusas, todas merecedoras de epifanias, hosanas, e é o que aqui se tem feito quando há inspiração. Das de 20, não mais me ocupo. Foram genialmente flagradas por Paulo Mendes Campos em "Ser brotinho", no justo momento em que lançavam fogo pelos olhos – e pelo que vejo ao redor, continuam mais ou menos assim, com o detalhe tão 2004 que agora marcam para sempre o corpo do outro com o piercing em brasa.

As de 30, que vibravam tristonhas na voz de Miltinho, agora pisam aceleradas e planam, entre petulantes e angustiadas, como se estivessem sobre a mesma sandália de US$ 400 da Carrie em "Sex and the City". As de 40 batem o fino. Todos os filhos postos, vagam com aquela determinação de quem sabe direitinho onde é o ponto G e também o melhor endereço para decorar o apartamento deixado pelo ex.

Eu vi Vera Fischer nua aos 52 anos e, não sei se foi porque a peça começou com "Dream a little dream of me", com os Mamas and Papas, e acabou com "There's a kind of hush", dos Herman's Hermits, eu só sei que me emocionei em pensar que uma mulher nessa idade, hoje, não pode mais passar adiante nem as canções românticas que ouviu na juventude nem a educação que recebeu dos pais.

Ela foi a primeira a ouvir rock e a última a debutar. A primeira a saber da pílula e a última a casar virgem. A primeira a escrever liberdade no muro e a última a sonhar da vida apenas o que fosse a saia plissada do curso normal, a mesa posta na janta e a firme determinação de ser fiel até que a morte a separasse do sacrossanto marido. A mulher dos 50 é o elo perdido, o bastão de passagem que caiu no chão. De nada lhe serviu o curso da mamãe para ser a rainha do lar, de nada do que aprendeu pode tirar o chip que ajude a filha a se conectar na banda larga da nova felicidade.

E, no entanto, há uma geração de mulheres aos 50, aos 60, que sobreviveu ao marido machista, ao preconceito careta, pegou o bastão no chão e reconstruiu a corrida de um jeito próprio, como Vera faz no teatro, que permite mostrar beleza, humor, vivacidade e tesão num prazo muito além dos 40, que era mais ou menos quando mamãe se recolheu ao tricô, ao truco e ao triste.

Eu vi, acho que já disse, Vera Fischer nua aos 52, a mais que perfeita tradução da última fornada de mulheres a ser educada com repressão e, em seguida, obrigada a aprender, com o bonde andando, a viver num mundo onde é proibido proibir. Ela estava nua à vera, eu na segunda fila, e como não sou crítico de teatro, não entendo nada dos rigores de uma encenação, fico muito à vontade para dizer que tirei como útil daquela noite a impressão de que pode ter sido o rock and roll. Não sei. Pode ter sido essa dieta à base de ômega 3 que ela anda fazendo. Pode ter sido o efeito de malhar ferro todo dia. Não importa. Fiquei com a impressão de que Vera, 52, é o exemplo mais evidente de um grupo que já viveu, que já sofreu, e chegou ao segundo tempo da existência com tudo em cima. Sem cabelo azul. Na hora de ir ao teatro, ela não vai de van. Vai nua.

Não há muito mais o que fazer. A vida já se mostra avançada no tempo, não dá para reescrever todo o texto. Depois de Vera, espero ver outras. É irresistível a mulher que chega aos 50 pacificada com seu delicioso projeto de apenas melhorar e encher de beleza a biografia.

PAGAR COFRINHO É A CORRUPÇÃO DOS SENTIDOS

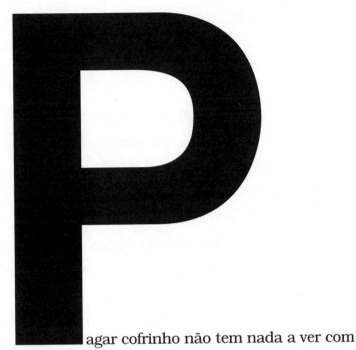agar cofrinho não tem nada a ver com qualquer escândalo político-financeiro que você tenha acabado de ler no jornal. É o outro lado da moeda, o princípio do prazer e, no máximo, a corrupção dos sentidos. Antes assim. Quem paga cofrinho não deixa dízimo para o PT, não recolhe tostão para fundo de campanha, não libera verba para a compra de votos dos deputados, muito menos quer saber de caixa dois. Não se amarra em dinheiro não. Faz tudo de graça, apenas pela desgraça de saber estar buliversando a paz dos que a vêem pagando o tal. Não quebra o regimento interno da Câmara. Pelo contrário. Agrega questão de ordem estética, senhor deputado.

Eu me tenho posto aflito diante da TV Senado e sei. Pagar cofrinho, por mais benemérito e estupefaciente que seja num contexto nacional tão triste, não chega a ser um gesto de ação social benemerente – e ainda bem que assim seja, que o país está cheio de demagogos e vossas excelências. É uma brincadeira da moda.

O governo não cai, o dólar não flutua, a balança de pagamento fica na mesma. A Comissão Parlamentar de Inquérito por sua vez nada pergunta ou quer saber, porque a tudo vê e vê que em nada dessas secretárias lindas que passam há dolo. Não há golpe baixo, mas a cintura baixa. É apenas arte. Beleza. A governabilidade dos corpos. O ousado caminhar da espécie. Transcreva-se nos autos da sessão, senhor relator.

Quando a mulher paga um cofrinho, e só ela seria capaz da dádiva diabólica, está rindo alto desses homens sérios de nomes macambúzios, Genoínos, Delúbios, todos de olho roxo. Dessas vossas senhorias carecas de tanto carregar estresse no bolso, todos suspeitos de jogar na cama dos hotéis não mais o corpo da amante cheio de gana, mas o couro cru da mala amada cheia de grana. A mulher que paga um cofrinho assina embaixo. Sozinha. Eis o grande escândalo da sinceridade. Não precisa de avalistas.

Ela, de corpo presente, na frente o umbiguinho saliente, atrás, os olhos da gente, ela avaliza em confiança plena que todas as suas companheiras de partido estão certas. Sim, devem passar mais embaixo o meridiano de Tordesilhas que antes lhe vinha na cintura e aceitar como definitivo que o sentido desta vida é quebrar o sigilo, cinco dedos ao sul do umbigo, dos seus bens mais escondidos. É deixar se examinar pela CPI dos Correios e não ter nada a declarar se não o óbvio que lhe vai visível e escrito sob o cós baixo da calça: viver é sentir um friozinho gostoso na tribal que irrompe do cóccix, sobe pela espinha e quando chega às costas dá asas à imaginação.

É uma das cenas urbanas mais inquietantes dos últimos tempos, a da mulher que caminha, principalmente a mulher que senta com a cintura da calça cortada tão baixa que permite a visão do terceiro segredo de Fátima, da fórmula da Coca-Cola, do trajeto da Ursa Maior no céu de outono, da ossada da Dana de Tefé, do momento exato do big-bang, da multiplicação dos peixes, do três-dedos-do Didi e doutros tantos mistérios que assombram a humanidade.

Há quem peça, falsos pudores em tempos de podres poderes, menos revelações públicas. Eu não chegaria a tal cinismo. Continuem. Abram suas asas, abram minhas contas e locupletem-se como lhes for de desejo. Avancem implacáveis como o quarteto mágico do Parreira, quebrem meu sigilo telefônico e timidez. Sussurrem na minha orelha cansada de tantas denúncias a felicidade poética das coisas que eu não sei. Eu entregarei de bom grado todos os meus agrados, toda minha criação de gado, meu cargo, a presidência do partido e, bêbado de euforia, as garrafas de absinto com a cara do Van Gogh que minha tesoureira trouxe de Praga.

Manuel Bandeira vivia de imaginar o que ia por baixo da brancarana azeda, da mulata cor da lua vem saindo cor de prata, da celeste africana, as suas três mulheres do sabonete Araxá. Sofria. Ninguém pagava nada antes, só depois que casasse e a luz do abajur lilás apagasse. A repressão doía n'alma, mas enchia os livros. Com certeza Bandeira, e todos os bardos tarados que encheram nossas páginas de delírios geniais, trocaria o reino de sua lírica antipassadista pelo alumbramento das musas modernas.

Os homens corruptos enchem o cofrinho. As mulheres pagam. Há cada vez menos segredos e motivos para a Grande Literatura. Mas ainda não será dessa vez que o cinismo beletrante me fará lamentar a troca. As letras pátrias vão mal. Azar, azeite, não me são parente. Não faltam por outro lado, vira, meu bem, vira, sonetos e redondilhas nas mulheres que passam o cofrinho cor de prata na Rio Branco.

Essas deusas que me invocam e me hipnotizam com uma nesga mínima de seus sete jardins suspensos fazem-no apenas porque lhes é da espécie e paraíso. Mostram-se à concorrência pública, abrem licitação nos conformes do regimento interno transcrito no coração. Dispensam publicitários. Não pedem recibo ao tesoureiro, não aceitam nada por fora. Chamam para dentro e vão para cima, eis como elas agora são no grande congresso nacional.

A cada temporada sublinham com a roupa, ou a falta dela, um recanto do Éden Divino que carregam. Pagam cofrinho agora com a mesma falsa ingenuidade que nos anos 60 usaram para vestir a minissaia, nos 80 o biquíni asa-delta, nos 90 as blusas transparentes e nos 2010, oh meu Deus me dê olhos para estar aqui e, Pero Vaz de Caminha, cronicar ao rei.

Elas não querem cargo algum nesse governo, muito menos no que virá. Pagam cofrinho apenas pela curtição dos pêlos, pela arte sublime de tirar o tapete sob os pés dos homens e fazê-los voar para longe do plenário careta.

Elas pagam cofrinho, insinuam o paralelo de Greenwich, a linha divisória do gramado, o caminho das pedras, porque foram eleitas por Ele com esse destino e divina missão. Sou-lhes correligionário. O voto distrital, o parlamentarismo, nada disso vai resolver a tragédia brasileira. Sufrago nas urnas as que vão para as ruas e, nesses tempos de receber, pagam cofrinho. Voto-lhes majoritário. Elas querem implantar o desgoverno dos frêmitos, o impeachment da razão, o pulsar do quasar mais longínquo e a reforma ministerial definitiva, aquela que deixe pingar na vida de todos nós a propina que interessa, o mensalão da felicidade. Estou dentro. O resto é esse falso decoro parlamentar que está aí.

SER GATINHA É FICAR PASSADA DE INCOMPREENSÃO

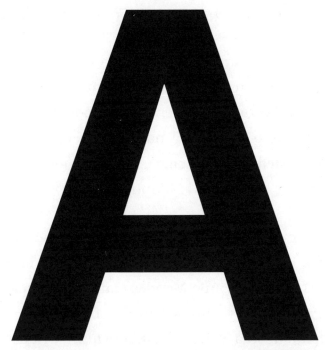 mais velha das minhas filhas disse "demorô", no que foi imediatamente seguida pela irmã que também concordava e garantia estar plena de satisfação com a mesada que eu lhes pingava na carteira – "formô", agradeceu.

Ser brotinho é conjugar, nem aí para esses lances de passado e futuro, todos os verbos no tempo ô-ô-ô, tipo assim, "abalô". É teletransportar o sentido das palavras de um lado para o outro, achar sinistra uma coisa muito legal, chamar de cruel um sujeito superbacana, como se a língua fosse o Noturno, aquele personagem todo azul do "X-Men 2" que está em vários lugares ao mesmo tempo significando coisas diferentes. Se nada faz sentido, se não dá para entender quase nada por trás das portas do "Matrix", por que implicar se, para os jovens, o que é bom "bombô"? Ora, fala sério.

Ser brotinho é antes de mais nada zoar do tio na maior, cair na gargalhada quando ele vem com essas paradas de brotinho plagiadas do Paulo Mendes Campos. É retrucar com graça, petelecando o piercing na sobrancelha, que broto é aquela coisa de feijão, sabe como?, que se vende junto com os gnomos fofinhos nas lojas do Mundo Verde.

Ser brotinho, ser jovem, ser gataria, ser o que for abaixo dos 20 hoje é muito mais maneiro do que lá pelo final dos anos 40, quando Paulo Mendes Campos conseguiu perfilar a turma numa crônica feita de brisa catita. Paulo, grande artista, usou a mesma brisa com que o Criador enfuna as velas dos brotinhos de todas as épocas. Mas, no texto, talvez porque ainda não fosse costume adolescente, não há um único beijo. Pode?! Eu não a-cre-dito! São quatro páginas, sequer um selinho, nada de splish-splash. Ninguém merece!

Eu fui parar numa festa adolescente dias atrás e aprendi que ser maluca, ser mina, ser moleque, como eles agora se tratam carinhosamente nas internas, é acima de tudo beijar alguém por quatro minutos e, quatro minutos depois, estar beijando outro alguém por mais quatro. Noves fora, no fim do mês não dá outra no boletim – zero em matemática.

O brotinho pós-moderno beija muiiiiiiito, sempre seguindo a inclinação do momento e o que urgem as enzimas. Leia na minha camisa: "No stress". Não quer permanecer apaixonada a eternidade de um mês por um violinista estrangeiro de quinta categoria – caraca, mané! –, como a musa de Paulo Mendes. Ela beija como se degustasse um donnut daqueles pequenos, primeiro um de cereja tropical, depois um de creme havana, tão certa está que há doces demais a serem provados na lanchonete desta vida e que, dos amargos, dos azedinhos, a mamãe já chupou todo o pé de tamarindo.

Perguntei então, bem ao estilo tio – e daí? Uma delas, acho que clubber, com piercing na língua, me disse que sua lenda pessoal era encarar a vida sem pressa – mas que tinha de ser agora. A gatinha foi sincera. Tinha lido esse pensamento, irado, na propaganda das botinhas Cally.

Ser paty, hippie, cybermina, ou qualquer outra delícia sub-20, é se fazer de songamonga. É fingir não perceber que, sessenta anos depois de Paulo Mendes Campos dizer que ser brotinho era viver num píncaro azulado, isso numa época em que não se sabia beijar de língua, ser brotinho hoje é melhor ainda. O mundo gira ao redor e em louvor do umbiguinho malhado delas, obrigando tios, mamis, papis, demais over-30, a entrar na fila para ver o Wolverine, ouvir Avril Lavigne, passar gloss abacate-tudo-de-bom. E sem chorumela, coroas. Hollywood rendeu-se, a Emi Records e a Helena Rubinstein foram atrás. O poder-broto manda.

Ser grunge, básica, bicho grilo, modelete, o que mais aos 15, 16, 17 se possa ser com a graça dos anjos e das Superpoderosas, é mandar torpedos celulares para o garoto meia dúzia de anos mais velho, uma mensagem sem nada registrado além de um :), o que na linguagem escrita delas equivale ao que Adélia Prado quis dizer tempos atrás com o seu "mulher é desdobrável, eu sou". Amam de paixão ("você não tem no-ção de como ele é gato!") o cabelo em polvorosa do galã das cinco na televisão. Mas andam tomadas de um sentimento muito terno por um VJ feio que diz versos tristes na MTV, talvez porque, sei lá, talvez porque ele se pareça tanto com aquele gato magrinho que elas pegaram um dia, abandonado na chuva, levaram para casa e a mãe ficou muito pê da vida.

Ser gatinha é ficar passada com tanta incompreensão, meu Deus do céu!, e, trancada no quarto por dois dias, desabafando tudo no blog, agradecer na orelha de cada ursinho, bem baixo para que ninguém ouça o mico, pela solidariedade tão (ai que pregui de falar essa palavra!) desinteressadamente pelúcia. Depois, do nada, rir muito.

Rir de achar que vai morrer antes de ter tirado a coreografia do último clipe da Madonna. Telefonar para a Pó, para a Lê, a Jô, contar essa história e rir de novo, combinadas mais uma vez que, feito os personagens de "Friends", feito os brotinhos do cronista, não crescerão jamais. Que nada, nananinanão, terá a mínima importância. Que tudo passa, mas adolescerão para sempre. Quão insana e bizarra é a vida sobre esse videogame chocante chamado Terra.

A VEDETE E O PRESIDENTE ESPANTAM O BODE DA CAMA

 se Getúlio Vargas, ao final da reunião do ministério na madrugada daquele 24 de agosto de 1954, pegasse o elevador para o segundo andar do Catete e mesmo tresnoitado, mesmo trespassado pela insuportável pressão dos militares para que largasse o osso, e se Getúlio deixasse o bode preto no grande salão do térreo, abrisse a porta do quarto querendo de energia apenas o suficiente para correr até a gaveta do criado-mudo e puxar de lá o épico do tiro libertador, e se Getúlio Vargas, ao abrir a porta do quarto que julgava o cômodo final de sua trajetória nesta Terra injusta, antes de meter a mão no Colt americano, calibre 32, de 504 gramas, tambor de seis tiros, e se ele encontrasse sobre a cama já estendida, tão transparente e macia, a camisola do dia servindo de invólucro à apresentadora

do espetáculo To-ne-lux, e se, cinqüenta anos depois eis agora a pergunta que não se calou porque jamais feita, e se naquele quarto para o qual Getúlio correu em desespero, certo de que só lhe restava um tirambaço para deixar a vida e entrar na História – e se ali estivesse seu cacho, minha uva, sua amante e nosso avião, a vedete do Brasil Virgínia Lane?

Por menos que eu conheça o que vai no peito dos presidentes, sei que os corações dos homens batem todos iguais e eu tenho certeza que bastaria ela, Virgínia Lane, nada além que essa ilusão, minha criança esperança, bastava aquele metro e meio da estrela de "É fogo na pipoca", o espetáculo de Max Nunes que ela ensaiava para estrear no Carlos Gomes, na Tiradentes.

Bastava o sorriso de coelhinha dentuça, esparramando pelo quarto a correta hierarquia dos valores de uma vida, o corpo da mulher sempre em primeiro plano, para que Getúlio deixasse de bobagem, meu nego, desse o peso exato ao manifesto que Zenóbio da Costa redigia aos militares e deixasse de puxar angústia, meu benzinho, viesse pro quentinho, fofinho, e pronto, não haveria esse estampido zunindo eternamente em nossas tragédias. Não se falaria mais nisso. Não se fretaria o avião-coche-fúnebre para São Borja.

E hoje não só não haveria aquele pijama manchado de sangue assustando as meninas na vitrine do Museu, como os bêbados do Bar do Getúlio logo em frente não ilustrariam seu delirium tremens com a alucinação de estarem ouvindo repetidas vezes, ecoando o quinado, o tiro terminal que ainda assombra o país de culpas e enche a soleira de nossas portas com cadernos especiais sobre as conseqüências da falta que ele nos faz, da falta que fez sobre a cama da História a delícia fundamental de um metro e meio de estupor rechonchudo embrulhado no edredom vermelho e na luz difusa do abajur lilás.

Eu sei que esse mote é interminável e pode ocorrer a todos o medo de se virar a página e vir aí um outro texto especulativo do tipo e se o vento soprasse na hora do chute de Gighia, e se Tancredo recusasse a feijoada na véspera, e se Jânio não pedisse outra dose de Ron Merino no Dia do Soldado. Eu sei que não existe a cadeira História Especulativa e que a História se conjuga com fatos, não com hipóteses que passam pelo teatro rebolado da Tiradentes. Mas, é um gosto amargo de jiló verdinho, é uma pena que Virgínia Lane não estivesse lá, desse uma chave de pernas cívica em mais um capítulo da tristeza brasileira.

Quando Getúlio, levado o pé na bunda dos militares, fosse deixado na porta do quarto pela filha Alzirinha e pelo major ajudante-de-ordens Ernani Fittipaldi, a vedete gritaria da cama a saudação de "surpraise, meu baixinho", ligaria o rádio de válvulas no momento em que estivesse tocando o sucesso da temporada, o pré-rock "bru... rrum mas que nervoso estou/ bru... rrum sou neurastênico/ bru... rrum preciso me tratar/ senão eu vou pra Jacarepaguá" e, depois de dizerem que aquela era a música perfeita para o Lacerda, os dois cairiam na gargalhada e recomeçariam, do ponto exato em que tinham parado semana passada, a encenação do bububu no bobobó, o desfile do sambalelê tá doente, o carro alegórico do Biotônico Fontoura, o bigorrilho de prata, o violino chinês, o candelabro italiano, a ponte do rio Kwai e alguma outra novidade da cornucópia amorosa em que, segundo Virgínia, o gaúcho era presidente, líder inconteste das massas, traaaaaabalhador do Brasil e infatigável praticante.

Um chorrilho de malabarismos eróticos não seria suficiente para esconder Gregório Fortunato embaixo de qualquer cama da Toneleros, não demoveria em nada os militares de antecipar para agosto de 54 o março de 64, mas já que a ordem democrática tinha sido mandada às favas, que se vibrasse a vida com a desordem amorosa, tudo o mais fosse pro inferno, e os acontecimentos da madrugada funesta seriam colocados em sua devida proporção, um capítulo de sempre da República do Galeão, ali, logo ali ao sul, pleno continente de Kubanacan.

Se na madrugada de 24 de agosto Getúlio Vargas deixasse o mesão em que lhe estenderam a carta de renúncia e encontrasse, surpraise, Virgínia Lane sassaricando ao frio ateu do Catete, as coisas andariam do mesmo jeito esquisito que estão hoje, talvez com menos bustos e memoriais nas praças do Rio, talvez com um problema extra na hora de se dar nome às grandes avenidas do país, mas uma noite de amor maluco entre o presidente e a vedete relaxaria a memória nacional da convivência com o bode preto de um tiro no peito, deixaria menos sobressaltados os pesadelos da pátria e bem mais lim-pinho, com alguma outra gota de vida no lugar daquela de sangue, o pijama listrado da História.

A MULHER QUE CAMINHA SOBRE A COPA DAS ÁRVORES

Se ela fosse louca por mim, eu pedia licença ao Vinicius que já andou com problema parecido, comprava toda a produção de pipoca da cidade e fazia chover, sal e mel, sobre sua adorável cabeça de caracóis. Louca fosse ela, e garantisse por mim tal apoplexia sentimental, eu lhe pegava o touro à unha, tocava o terror, botava o galho dentro, purificava o Subaé, fazia do gato sapato e corria para o abraço.

Não sei se ela ainda o é, digo, louca. Sempre que pergunto, tartamudeia. Noção nenhuma, graças aos orixás judaicos que regulam sua existência feliz, do que seja um verbo horrível daqueles. E, no entanto, eu orquestraria os cânticos de todas as religiões, eu harmonizaria os rocks de todas as tribos em sua fabulosa lira abdominal.

Da primeira à última vez que a vi, andava carregada de cores everywhere. Nasceu não faz muito. Não tem idade para saber que se trata, pele e músculo, de um verso ao vivo da fase psicodélica dos Rolling Stones. Era-lhe uma definição perfeita, o arco-íris de Jagger e Richards, mas nunca o disse. Jamais charlei em sua presença qualquer item cultural, e olhe que se eu tivesse recitado o "amor/humor" do Oswald, certamente ela teria customizado a piada numa camiseta de dormir da Acorda Alice.

Discreto, sequer demonstrei a pequena lista de orgulhos sobrenaturais que herdei dos antepassados lusos, como o dom de adivinhar o número de gomos de uma tangerina fechada, a localização da Ursa Polar no céu de inverno ou a capacidade de, pelo olfato, identificar cada uma das ladeiras da Fonte da Saudade.

Diante de sua sublime presença matissada, ora louca ora subitamente mouca, calei-me sempre em pasmo respeito. Deixei trancadas as palavras profissionais no computador e em seu louvor preferi certa noite abrir os bolsos da jaqueta e deixar voar duas borboletas, meia dúzia de esperanças, dois vaga-lumes e um melro, num truque de circo que devo ter visto em algum filme do Fellini e há tempos ensaiava para quem merecesse. Fi-lo, quero repeti-lo.

Nunca verbalizei nenhum camões, mas sempre e apenas o estupor sincero diante de tamanha beleza estar ali daquele jeito que eu comecei a descrever com o verso dos Stones, carregada de cores por todos os lados e boquiabrida com o realismo mágico de pássaros e insetos voando ao léu. Por onde ela andava, mesmo no Cosme Velho onde nunca as vira, nasciam joaninhas. Errou de escritor, coitada. García Márquez lhe faria crônica muito melhor.

Eu, de minha parte, me daria mais ao respeito, respeitaria o sábado, não me queixaria ao bispo, comeria mais cereais, melhoraria o backhand, controlaria o colesterol, começaria tudo outra vez se ela por mim louca se pusesse fora de casa agora – e, de uma vez por todas, me viesse. Viesse nas cores de sempre.

E eu gosto de lembrar daqueles dias em que ela radicalizava o processo cromático de ser naturalmente uma paleta de cores vivas. Nessas horas, deixando de fora só os olhos azuis, ela afundava, dentro de um gorro vermelho-e-verde do Max Cavallera, os caracóis, os caracolitos louros que eu nomeei, um por um, xarás das mais belas bromélias do Jardim Botânico. Vinte anos atrás ela teria sido atriz, trabalhado em "Hair". Hoje não tenho a mínima de por onde desanda seu bamboleio.

Procura-se, mas não desesperadamente. Até as borboletas que tatuou na pele do úmero ririam de tamanho bolero.

Já me esteve louca, não pode negar, e foi em sua honra, rainha entronizada numa cadeira amarela do Maracanã, que

Alex fez em certo domingo, na baliza logo em frente, aquele gol de calcanhar contra o Flamengo; foi em seu fervor cívico que Getúlio repetiu o tirambaço nos peitos num domingo de julho no Museu da República; foi em troca de seu pânico, de sua luxúria e excitação que os casais meteram bronca entre si numa madrugada de agosto no clube suingueiro de Copa. Em setembro, quando ia ganhar um corte de chinchila, sair da fila e ficar para sempre sob a guarda deste cão fila, eis que essa camponesa tcheca, musa difusa do usa-e-abusa do Baixo Gávea, sumiu-se de si própria, da minha casmurrice lusa. Voltou atrás. Parou de rir. Declarou-se ledo, ivo, lindo desengano.

Em outubro, me tem sido nada além, nada além de uma ilusão. Tira o telefone do gancho e desde o dia quatro, por volta das cinco, bota para quem estiver ouvindo do outro lado uma balada triste dos Smiths falando em dúvida, adeus, quiçá, alhures e amiúde, as palavras mais feias em qualquer língua.

Urge que se instale novembro, derradeira esperança de que a cigarra, por mais feio que o verbo soe, zina – e, inseto como a joaninha sobrevoando os melhores momentos dessa trama, tudo nos abençoe. Sei, nesse período do ano, de mulheres tomadas por súbita necessidade de também repetir a natureza, soltar a casca, saudar o verão e, não fosse tanta família, tanto compromisso, tanta tradição, cruzar o Horto Florestal pela copa das árvores.

Nunca vi, e Deus permita que eu não morra sem tal, essa que pretendo ainda louca açoitada pelo solstício de 20 de dezembro. Acho que o calor lhe anestesiará os medos, o sol do Posto 9 lhe desmilingüirá as culpas. Enfeitiçada – e em troca renovo as promessas finais de pantanas, o sole mio, jogar nas onze, soltar os bichos, matar a pau, tocar o bonde, leite no pires, beijo de boca grossa, passar o pente-fino, honrar pai, mãe e o diabo a quatro –, enfeitiçada enfim, docemente enfeitiçada por fim, ela se me deixará para sempre raptar com todas as cores do seu sublime arco-íris.

DESCANSA NA PAZ DO NOSSO TRAVESSEIRO

ose Rondelli foi minha primeira namorada. Namorada no sentido Manuel Bandeira da coisa, que afirmou ter sido um coelhinho-da-índia a sua primeira. Rose Rondelli, que morreu em janeiro de 2004, de câncer, num apartamento do Leblon, a vedete mais bonita de todas dos anos 60, um par de coxas que ia daqui até o outro canto da cama, uma bunda do tempo em que elas ainda não tinham formado uma nação à parte do corpo da mulher, Rose foi a primeira namorada das muitas que nunca tive.

Não guardo mágoa, pelo contrário. Todas só me fizeram bem ao tratamento contra a timidez e a falta de sentido em existirmos. Agradeço penhorado, e com os olhos úmidos elas aqui me têm novamente em regresso. Joelhos dobrados sobre as letrinhas, em funeral de saudade pela mais gostosa, professora e impossível de todas.

Eu desconheci Rose Rondelli pela primeira vez quando tinha sei lá quantos anos de infância, mais ou menos quando eu me afundava no vício acachapante, ô droga!, que onda!, do pó de pirlimpimpim batido com refresco de groselha. Rose era uma uva. Me buliversava um tremor inaugural do que eu não tinha idéia que fosse. Me desfalecia os sentidos primevos do que eu sequer supunha ser. Me tornava pulsativa a pílula de vida futura que começava a fazer nexo quando a palavra amor piscava numa guarânia do Anísio Silva.

Me levou no beiço como todas as outras fariam em seguida. Me arreliava a razão como eu me deixaria prostrar estupefato diante das melhores que encontrei na fila. Me desfocava o cerebelo para o umbigo do divino. Me fez, na aula de português, como se vê agora, que eu lhe voasse sôfrego até a catedral do amor e comungasse beato de sua hóstia consagrada, no justo momento em que a professora ensinava a não se começar uma frase com pronome oblíquo. Me desculpe.

Rose Rondelli era a Miss Campeonato de um programa da Mayrink Veiga quando eu botei meus ouvidos na direção de sua fala brejeira. Era atriz do "Noites Cariocas" na TV Rio quando eu coloquei meus óculos míopes sobre o violão em dó sustenido redondo que tinha formatado nas ancas. Era a vedete serelepe gritando "Ooooooooooooooobaaaaa!" na escadaria do teatro rebolado de Walter Pinto. Mais do que as da Sandra Sandré, na "Revista do Rádio", suas fotos vibravam o que ainda estava por ser explicado, e agora vejo que nunca será, a um moleque batuta apenas nos prazeres do bafo-bafo. A primeira namorada traz a tábua de mandamentos e aponta o caminho. "Rosebud", estava escrito no trenó feliz da infância de Orson Welles. Eu, menino nos trópicos, escrevi "Rosendelli" no carrinho de rolimã em que me joguei ladeira abaixo até aqui. Foi ela.

Quer dizer que havia algo ainda mais eletrizante do que passar cerol de vidro moído na linha da pipa e cortar quem ousasse opor resistência nos mares do céu? Quer dizer que havia pêlos mais macios que os fios do algodão-doce? Foi ela quem deu o toque.

Rose, a mais certinha das certinhas do Lalau, um par de peitos que olhava altivo e em uníssono na mesma direção do horizonte, nunca para mim. Descansa na paz do nosso travesseiro. Foi a primeira namorada no sentido catecismo de que na mesma mensagem elas trazem o anúncio da salvação da carne, a demolição da calma, a comunhão dos santos, a repetição dos pecados, a vida eterna e a impossibilidade do amém.

São elas, de tempos em tempos, que vão se revezando pacientes na arte de oferecer aos meninos novas porções de mistério que substituam o bola-ou-búlica do primeiro quintal.

São elas, algumas muito más, como as louras de olhos verdes que caminham sobre as árvores do Jardim Botânico, outras muito boas, branquelas flanando diáfanas sobre a Praia do Diabo, são elas que tornam um dia depois do outro um acontecimento adulto de alguma forma suportável para quem já viveu o frisson infantil de gritar "marraio feridô sou rei" e quer, precisa, sonha reinventar um pique-esconde de tantas delícias.

Rondelli, que Deus a tenha embalsamada na glória de seu espartilho, foi a pedra de toque, embora lhe imaginasse a pele acolchoada, de que as aventuras do Sítio do Pica-Pau Amarelo, as reinações de Narizinho, o poço do Visconde, os doze trabalhos de Hércules, o circo do Carequinha e o telecatch Montilla podiam ser desdobráveis pelo resto da existência. Mudariam apenas os brinquedos e o pátio.

Foi o que eu percebi, sempre sob inspiração de Rose, quando pela primeira vez, no escurinho do cinema, a mão desceu pelo ombro da moça, milímetro a milímetro sendo conquistado, e os cinco dedos chegaram sorrateiros como serpentes do Indiana Jones ao ninho que arfava assustado e finalmente consentido. Mudariam apenas os sabores da marmelada de goiaba e do "bento que bento é o frade" a se sussurrar sobre o cangote das amarelinhas.

Aprendi com Rose, colocando um copo de água em cima do rádio, que no pomar do amor maduro haveria mais frutas que o pêra-uva-ou-maçã do casamento japonês. Gramaticalmente errado como sempre, me quedo saudoso agora com a rosa que se foi. Sinto-lhe os dentes cravados na polpa da manga-espada que ofereço.

Quando eu me apaixonei por Rose Rondelli jurei que era para sempre. Um amor inquebrável como disco azul do Braguinha, o assobio do Pererê do Ziraldo e o garoto correndo atrás da bola. E tem sido, e tem sido bom. Por mais que essas novas vedetes me apareçam de nomes trocados, tatuem os glúteos e afinem as coxas, eu reconheço a minha vedete inaugural no jeitão com que cada uma delas se comporta na escadaria de teatro rebolado que é o espetáculo amoroso. Rangem, rugem, anunciam alegrias variadas que eu, ignorante em outra língua, traduzo sempre para os braços levantados de Rose Rondelli. Ela está gritando o que me revelou ser o mantra único da felicidade. O sentido básico da vida, o que não tem segredo nem nunca terá discussão. Quem gritar mais vezes venceu. Oooooooooooooooobaaaaa!

NA
É DE

demorô: a líng

É FOGO

ROUPA,

ASCAR

O CANO

a também anda na moda

UM PASSEIO FOFO PELA LÍNGUA DAS MULHERES

ofo! Tire essa palavra do repertório de uma mulher moderna e observe o que é um ser humano em completa solidão semântica.

Impossibilitadas de continuar a frase, algumas desfalecerão. Outras, já nostálgicas de perda tão fabulosa, criarão olheiras, desenvolverão alergias múltiplas. Deprimidas, sem ver qualquer sentido em continuar nesta vida doravante chinfrim, as demais preferirão recolher-se ao claustro silencioso de algum monastério de noviças em Santa Teresa. De lá nunca mais sairão. Pra quê? Qual a graça? Senhoras de que destino?

Uma mulher feliz, e semanas atrás ao viajar com quatro delas contabilizei, uma mulher em estado pleno de felicidade com seus hormônios, a sensibilidade em total paz de espírito, uma mulher dessas, seja qual for o seu nível cultural, distribui em média sete dúzias de "que fofos!" num fim de semana. É científico. Só o ato de respirar rende números superiores quando se avaliam hábitos na estatística do cotidiano feminino. Proibida de expressar júbilo do jeito fofo que inventaram agora, nossas mulheres prefeririam retirar-se ao tal silêncio monástico. Dou-lhes razão.

Qual o sentido de caminhar pela vida, passariam a balbuciar já enclausuradas no monastério, se não podem anunciar ao mundo o maravilhoso espanto redondo daquela palavra que, na circunferência de seus dois "os", parece reproduzir com perfeição gráfica o olho esbugalhado delas?

Como expressar alumbramento sem aquela redondilha vocabular entronizada na poesia do fo-fo? O que dizer diante de todo o universo sublime que cabe entre uma saia da Isabela Capeto e um bichinho de barro de Tiradentes? Que outro adjetivo para definir um gatinho espapaçado ao sol numa varanda do Cosme Velho?

Uma mulher separada da palavra "Fofo!", ou "Que fofo!", ou qualquer de seus derivativos como "Fofinho", "Fofura" ou, como querem as mais radicais no uso do vocabulário feminino, "Que fofs!" – uma mulher privada dessa delícia que é ter uma palavrinha de uso comum da seita, uma mulher dessas é a tragédia grega no Fórum Ipanema. É Matisse sem azul. É

Robinho sem pedalada. É Sinatra resfriado sem poder usar Benegripe. É de fazer TPM parecer pinto diante de tamanha angústia e atabalhoamento nervoso.

De tempos em tempos essas moças se agarram com alguma expressão favorita, quase um tique nervoso no jeito de conversar. Eu mesmo já as pintei outrora quando diziam, em uníssono, "Estou cho-ca-da!", "Ninguém merece!", "Não a-cre-di-to!". Da mesma maneira que encasquetam agora em usar piercing como se sentissem saudade do cordão umbilical, inventam a cada estação a moda de um bordão que identifique a tribo, coisa que nem um Houaiss explica. Chegou a vez do "fofo". Nada contra. Acho, inclusive, bem superior à barra da saia desnivelada e ao cachecol com blusa sem manga, outras de suas modas. Quem me dera fofo sê-lo e ouvi-lo ribombando, osculado, soprado como as boas fricativas labiodentais surdas são, dentro do meu universo auricular tão carente de elogiativos.

Pode ser que alguma leitora esteja neste momento vendo um risinho macho debochando no meu canto da boca. Juro que não. Confesso que não simpatizava, vão me desculpar, com a insistência vazia do "Fala sério!", com a promessa de fofoca que antecedia o "Você não tem no-ção!", modismos de dois anos atrás. Sei lá o que passou em mi alma.

Pode ter sido a terapia do amor companheiro a que venho me submetendo com certo êxito; talvez uma entrada de emergência no cardíaco do Copa d'Or, numa quinta-feira linda de sol, com suspeita de coisas tristes nas coronárias. Não sei. Chega uma hora em que é preciso conjugar a vida usando verbos só nas terminações afirmativas. Por isso dou força. Ponho simpatia se falo aqui da fala fofa delas lá. Antes abusar fofo que do feio frouxo.

Um homem, para ser dado tecnicamente como tal, deve não só evitar CDs de Barbra Streissand como preferir palavras de sonoridade rouca, como "carraspana", "perrengue", "garrucha", coisas em rrrrrr, daquilo roxo, como um tigre em constante guerra também vocabular. Homem nostálgico, se os há, porque é do orgulho da espécie olhar para a frente, homem na acepção técnica do termo pede, no máximo, quando lhe vibra a saudade, a volta da escarradeira. O "que fofo!" é de uso exclusivo das forças femininas.

Por mais que simpatize com a causa, por mais que me interesse incorporar delas a sensibilidade e delicadeza com que tratam o existirmos, eu ainda não cheguei a ponto de quebrar em público todos os paradigmas da minha turma. Língua também tem sexo, é com ela que eu falo – e, como todos sabem, há muito preconceito quando esse falo entra em campo. Não uso fofo. Meus pares já assimilaram o brinco na orelha esquerda, a calça no meio da canela, até mesmo o peito depilado. Mas, vamos com calma.

Semana passada vi um blazer na vitrine da Richards. Um neurônio, impregnado pelo que andou ouvindo de minhas amigas, sussurrou com o outro. Fofo. Olhei para o lado, preocupado com alguma audiência que, de posse de tamanho trunfo, me denegriria para o resto dos tempos. Não havia ninguém. Voltei ao blazer na vitrine. Lã inglesa. Bem cortado. Gola de couro marrom. Realmente, tive de concordar – mas bem baixinho que eu não sou bobo e, vamos combinar, morre aqui entre a gente. Fofíssimo.

COMO ENCHER A BOCA DE CLICHÊS

ntão. Haverá coisa mais irritante do que pessoas que começam frases, tomam fôlego na conversa e substituem suas vírgulas pelo famigerado "então"? Pois então.

É uma das pragas da fala moderna, sucessora legítima do "a nível de", do "enquanto pessoa" e do "vou estar lhe enviando" das décadas passadas. O "então" é mais perigoso por sutil. Trata-se de vírus oportunista, quase um aparentado desse doping invisível que os atletas andam tomando para encher de fôlego o pulmão – só que, no nosso caso, a idéia é dar um gás na frase. É difícil notar o "então". Quando você percebe, crau!, a palavrinha já lhe é dona de todo o discurso – e aí, meu caro, aí, para rebater a idiotia, só 12 ampolas diárias de

Drummond na veia do crânio. Ao dormir, pílulas e mais pílulas, sem copo d'água, de Zuenir Ventura.

O "então", disfarçado em sua insignificância curta, oca de sentido, não chega a ter o peso sonoro de uma palavra cretina como "instigante", outra muleta que segurou muito papo perneta. Mas é da turma. Pretende a mesma pose. Arrota igual data vênia e cerimônia, esses fardões cheirosos de naftalina que deixam o brasileiro médio como barata tonta quando abre a boca para morder a semântica. Somos um bando de ingnorantes vernaculares, seus creyssons da vida, todos complicando o papo para ver se ganham a namorada com a ponta da língua. Achamos que "agregar valor" é suficiente para esconder a burrice generalizada. Eu "agarântio" que não.

Já reparou que não há mais bem e mal? Antes, para facilitar ainda mais de que lado da humanidade estava, o sujeito se dizia Marlene ou Emilinha – e, pronto, você já sabia qual era a do cidadão. Mudou. Agora ou se é "orgânico", a alcunha para os novos representantes do bem, indivíduos de personalidade clara e sem armação, ou se é "transgênico", uma espécie de Tião Medonho com aditivos da moderna biogenética moral.

Então. Que tal o ridículo?

Parecemos, com essa mania de contrariar o poeta e, ao invés de cortar palavras, acrescentar um monte delas, parecemos eternos cavalos incorporando o discurso daquele deputado barroco baiano sobre a necessidade de mais "sinergia", mais "transparência". Lula, com a boca cheia de "veja bem", "acompanhe meu raciocínio" e "estou convencido", é o presidente da hora. Adora apoiar suas imagens futebolísticas com o uso de muitos "inclusive", outro queridinho dessa galera, todos, os "inclusive", significando o mesmo que todos os "então" – nada vezes nada.

O clichê é uma moda que se usa na língua e dói tanto, só que na orelha do outro, quanto um piercing. Todo mundo ao mesmo tempo vestindo expressões que, ao usuário despreparado, dão a impressão de que abafam geral. Na verdade, são apenas patetices vãs, repetições de milésima mão ouvidas de um guru já morto. Quem sabe sabe, fala diferente. Segue a trilha, se não a do "nonada" de Guimarães Rosa, a do maluco beleza Raul Seixas: eu vou desdizer agora o oposto do que disse antes. Outras palavras, eis a grande música.

De uma hora para outra, com a mesma voracidade que as mulheres de sempre foram atrás dos cabelos vermelhos da fulaninha na novela das oito, as "sensíveis" adotaram esquisitices sociológicas que pescaram num talk-show. Descobriram que o verbo pode ser fashion e serve para se tentar ostentar, baratinho, apenas com o esforço de abrir os dentes, o mesmo status de uma Fendi que custa os tubos.

Enfim, então. Doces peruas ingênuas. Já enroladas com a dificuldade de diferenciar uma bolsa falsa da verdadeira, agora fuçam as prateleiras das palavrinhas em busca das últimas novidades. Continuam comprando gato, lebre e qualquer bicho de óculos que discurse o emperiquitado dicionário do politicamente correto.

É um tal de "inclusão" digital, "exclusão" civil, que, inclusive, só rindo. Antes reclamava-se pão e leite para o populacho faminto. Hoje, para esses mesmos desvalidos, exige-se "cidadania". Parece que "cidadania", com o longo percurso de suas cinco sílabas, é uma comida com mais caroço de feijão e proteína animal. Nada disso. É só gordura verbal. Não faz músculo no cérebro. Tudo banha "midiática" metida a "atitude" e "estilo".

Então. De todo esse neopernosticismo, o mais consagrado de todos talvez seja o uso atual para o verbo "retornar". Antes, coitado, vivia lá na dele, quase sempre em placas do DNER, empregado apenas no sentido viário. Subitamente passou a ser adotado no âmbito telefônico da coisa. Vem sempre acoplado ao futuro do presente com gerúndio, o "eu vou estar lhe retornando a ligação". É obra e desgraça das moças do telemarketing paulista, gente que precisa juntar um punhado de palavras sem sentido, anestesiar até o pâncreas do teleouvinte, para, outra vez, crau!, deixá-lo tonto o suficiente para comprar algum plano de saúde. Retornar a língua comum, que é bom, isso ninguém parece que vai estar retornando tão cedo.

A língua crua com a subversão espontânea das gírias e, como pedia o poeta, sem arcaísmos, sem erudição, natural, neológica, com a contribuição milionária de todos os erros – uma língua gostosa dessas não sai na *Caras*. Tá out. No tempo das falsas celebridades, já que não é possível repetir as sobrancelhas da Malu Mader, incorporamos o que se imagina a fala dos bacanas. E tome de palavras difíceis, de sentido vago, garimpadas na literatura boboca da auto-ajuda e na arrogância PUC-Unicamp de professorar com um ovo na boca.

Tudo mentira. Tudo pose e jogo de inclusive, num mundo de aparências verbais cheio de "recorte" otário, de "viés" chinfrim e outros modismos de então.

METER A LÍNGUA ONDE NÃO É CHAMADO

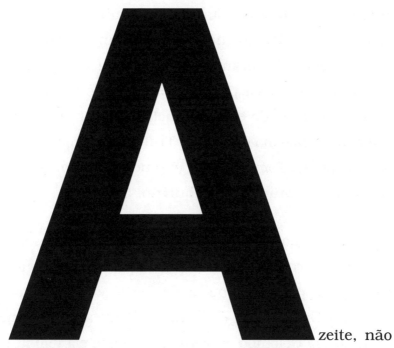zeite, não é meu parente! Nem todos entendem, mas a língua que se falava antigamente era tranchã, era ou não era?

As palavras pareciam todas usar galocha, e eu me lembro como ficava cabreiro quando aquela tetéia da rua, sempre usando tank colegial, se aprochegava com a barra da anágua aparecendo, vendendo farinha, como se dizia. Só porque tinha me trocado pelo desgramado que charlava numa baratinha, ela sapecava expressões do tipo "Conheceu, papudo?!". "Ora, vá lamber sabão", eu devolvia de chofre, com toda a agressividade da época. "Deixa de trololó, sua bacurau."

Era tempo do onça total. As garotas, algumas tão purgantes que pareciam eternamente de chico, não davam esse mole de escancarar o formato do V-8 sob a saia, e os homens, tirando uma chinfra, botavam pra jambrar com quedes e outras papas-finas. Eu, hein, Rosa?! Tanto quanto o telefone preto, a geladeira branca e o sebo para passar no couro da bola número 5, essas palavras foram sendo consideradas como as garotas feias de então – buchos. Aconteceu com elas, as palavras, o mesmo que ao Zé Trindade – empacotaram, bateram as botas. Tomaram um cascudo, levaram sopapo, catiripapo, e chisparam do vocabulário. Uma pena.

A língua mexe, pra frente e pra trás, e assim como o bacana retornou guaribado para servir de elogio nos tempos modernos, pode ser que breve, na legenda de uma foto da Carolina Dieckmann, os jornais voltem a fazer como diante da Adalgisa Colombo outrora. Digam que ela tem it, que ela é linda, um chuchu. São coisas do arco da velha, vai entender?! Não é só o mistério da ossada da Dana de Teffé que nos une ao passado. Não saberemos nunca, também, quem matou o mequetrefe, a pinimba, o tomar tenência e o neca de pitibiribas, essas delícias vocabulares que, enxotadas pelo bom gosto gramatical, picaram a mula e foram dormitar, como ursos no inverno, numa página escondida do dicionário.

Outro dia eu disse para as minhas filhas que o telefone estava escangalhado. Morreram de rir com esse maiô Catalina que botei na frase. Nada escangalha mais, no máximo não funciona. Me acharam, sem usar tamanho e tão cansativo polissílabo, um completo mocorongo. Como sempre, estavam certas. Eu tenho visto mulheres de botox, homens que escondem a idade, tenho visto todas as formas de burlar a passagem do tempo, mas o que sai da boca tem data. Cuidado, cinqüentões, com o ato falho de pedir um ferro de engomar, achar tudo chinfrim, reclamar do galalau que senta na sua frente no cinema e a mania de dizer que a fila do banco está morrinha. Esse papo, por mais que você curta música techno e endívias, denuncia de que década você veio.

Acho maneiro que a Sônia Braga volte, curto às pamparras a Emilinha vendendo CD na praça. Mas por que não dar uma linguada no passado? Sem querer amolar, sem bololô, sem querer fazer arte, sem querer, em tempos já tão complicados, trazer mais angu de caroço para a vida das pessoas, eu torço, quer dizer, tenho a maior queda por um revival lingüístico. As mães costumavam passar sabão na língua do ranheta que falava palavrões. De vez em quando, todos sofremos essa limpeza e perdemos palavrinhas tão gostosas quanto aquele mingau de sagu com uma banana caramelada no meio. Será o Benedito?! Ninguém merece.

Da mesma maneira que se foi, parece que para sempre, o crescer a barba como sinônimo de passar vergonha, às vezes dá-se a ressurreição de uma dessas espoletas estabanadas. Eram palavrinhas catitas, todas do tempo em que as moças ficavam incomodadas mas não dormiam de touca. O borogodó, por exemplo, tem tudo para ser um novo mantra de felicidade solar com seus redondos abertos e femininos.

Seria uma coqueluche semântica, qual é o pó?! Por que não?! Se a bossa nova voltou, se a boca-de-sino também, por que não a moda da língua retrô? Haverá adjetivo mais correto para aquela vizinha sonsa do 302 do que songamonga? Batatolina. Ô mulherzinha pra gostar de um bafafá!

Essas palavrinhas das antigas, verdadeiros pitéus sonoros, podiam formar o MSL, Movimento das Sem Língua, e exigir assentamento no papo do dia-a-dia ao lado de pamonhas, patas chocas do tipo disponibilizar, fidelizar, maximizar e outras gaiatas que andam fazendo uma interface lambisgóia, totalmente lengalenga, na fala cotidiana. Ficaria, como se diz, um mix contemporâneo.

Uma língua bem exercida é metida, jamais galinha morta. É feita de avanços e recuos, e se isso parece reclame de algum filme apimentado, digamos que, sim, pode ser. Língua, seja qual for, é erótica. Dá prazer brincar com ela. Uma lambida no passado envernizaria novamente palavras que estavam lá, macambúzias e abandonadas, como quizumba, alaúza e jururu, expressões da pá virada como na maciota, onde é que nós estamos! e ir para a cucuia. Certamente, por mais cara de emplastro Sabiá que tenham, elas dariam uma viagrada numa língua que tem sido sacudida apenas pelo que é acessado do cybercafé e o demorô dos manos e das minas.

Meter a língua onde não se é chamado pode ser divertido. Lembro do Oscarito passando a mão na barriga depois de botar pra dentro uma feijoada completa e dizer, todo preguiçoso, pimpão e feliz, "tô com uma idiossincrasia!". Estava com o bucho cheio, empanturrado de palavras gordas, compridas e nonsenses como um paio de porco. É o banquete que eu sugiro. Troque essa dieta de alface americana de palavra transgênica, que anda na moda mas não vale um caracol. Caia de boca num sarrabulho com assistência na porta, um pifão de tirar uma pestana do caramba, uma carraspana batuta. Essa idiossincrasia vai fazer sentido.

Se alguém, depois de ouvir todas essas palavras de lambuja, repetir mamãe das antigas e, amuado, gritar menino, dobre a língua, não se faça de rogado – estique.

GOSTO QUE ME ENROSCO DE BOTAR OS BOFES PRA FORA

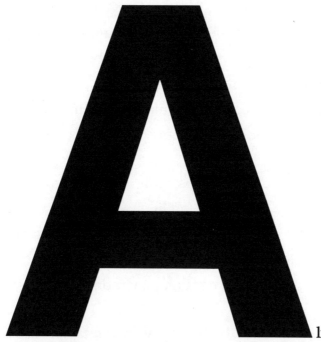liás e não obstante, como eu estava dizendo. Meter a língua onde não se foi chamado é esticar a dita cuja cheia de palavrinhas antigas e deixar de lero-lero e mas-mas. Não amolar com nhenhenhém muxiba, mixuruca e xarope. É soltar o verbo como se fosse um bife do Lamas. No capricho.

Esticar a língua na maciota é se valer de todo o baita charivari de expressões que fomos deixando pra trás, mais ou menos lá onde o Judas perdeu as botas. É deixar de lado essa prosa cheia de nove horas, cheia de dedos desses otários metidos, gente que paga a maior goma para falar alavancar e customizar, achando que isso é coisa de quem tomou tenência na vida. Ora, vão pentear macaco, seus convencidos! Conversa mole pra boi dormir!

Gosto que me enrosco é de botar os bofes pra fora. Deixar a língua no vai-da-valsa, sacumé?, metendo bronca, ora aqui ora ali, sem lesco-lesco e derrubando os paradigmas tacanhos de que as palavras, como o bambolê e o óleo de fígado de bacalhau, foram feitas para passar. Eu te proponho nós nos amarmos, nos entregarmos e ainda por cima, por obséquio, arrumar o maior bololô com esse papo pancada.

Ou quantos discursos mais desses serão necessários ainda até que se reinstaure na língua praticada a evidente beleza sonora de anunciar que fulano, ou que sicrano, ou que beltrano, infelizmente, não virá. Que o energúmeno tá borocoxô! Ou seja, garotada, o cara da pá virada tá totalmente down.

Eu sei que um bom menino não faz pipi na cama, que uma boa menina não fica falada nem se de paquete e sei acima de tudo que um bom cronista, por mais que lá de baixo a turbamulta grite "pu-la, pu-la", um bom cronista nunca deve repetir o truque sob o risco de, atendidos os pedidos, diante do corpo estendido no chão, alguém passe a muxoxar macambúzio – ih, caramba, olha aquele cocoroca tantã azucrinando de novo com a parada da língua retrô!

Para alguns pode parecer que é fogo na roupa, de lascar o cano. Que ganhar o ordenado assim é sopa no mel. Mas, se vale a pena ver de novo as novelas da Globo, a leitora Cecília Pontual Romano quer ver de novo todo mundo, seja manteiga derretida ou aquela bruaca cheia de goró, todo mundo falando beleléu, cucuia, fuinha, desmilingüida e o que mais couber nesse estrogonofe de letrinhas que lembra a mãe dela, a minha escola, a nossa rua.

De uma mulher gostosa, boas pernas, dizia-se possuidora de um tremendo mocotó! Era uma uva. Vestida de négligé preto, era supimpa. O rapaz não tinha bíceps, mas muque. Era um pão, embora quase todos sofressem de espinhela caída. Uns bilontras. Parlapatões. Biltres. Jilós. É um tipo de memória verbal que foi sendo demolida do patrimônio comum da mesma maneira neurastênica, um faniquito, um fricote, que fizeram com o Monroe da Cinelândia. São idéias furrecas, estabanadas e escalafobéticas que entram de chanca, como se um quarto-zagueiro fossem, no joelho da nacionalidade.

Vamos, pois, meter de novo a língua, de fuzarca, frege ou fuzuê que seja, no borogodó delas. Feche os olhos e sinta o peso da bilabial explodindo sonora a boca do balão: tem bububu no bobobó! É bárbaro! Meu bambambã! Que bu-zan-fã!

Ao contrário do Morro do Castelo, que caiu em 1922 mas se deixou registrar em milhares de fotos, algumas dessas palavras sequer foram dicionarizadas – e não adianta, no meio de algum rififi, quando estiver esculhambando geral com a patota, você ficar repetindo para os seus filhos que eles são garganta, ó, só gogó. Eles têm todo o direito de não acreditar que ainda há pouco, não só à boca pequena, não só num sururu rastaqüera, todos falavam assim. Eles vão ter um treco de tanto rir e você, depois de gastar tamanho tremelique, depois de chamá-los de entupidos, é que vai ficar no ora veja.

À bangu, tá me entendendo? À neném, saca?

Língua também brinca de moda. É mais fácil, para um garoto de 15 anos, enfiar um piercing nela do que enfiar ela nas palavras muquirana, estrupício, desengonçado e encasquetar. Fazer o quê, mano maluco? As novas gerações ouvem essas palavras e, da mesma maneira que avaliam o mocotó das certinhas do Lalau, acham que eram apenas senhoras gordas. Embromação chué, perrengue invocado e o escambau a quatro.

É bem provável que se a vovó disser pára de se enrabichar por aquela porqueira, e o vovô responder que a oferecida quer rosetar mas não é com ele – é bem possível, e com toda a razão, que o netinho ponha ordem nessa balbúrdia gritando ei, óia o auê aí, ô!

Não se quer, de jeito nenhum, folgar com a evolução semântica. Seria de amargar, forçar a natureza do português. O vestido trapézio foi esquecido, é natural que tenha acontecido o mesmo com o conheceu, papudo!? De vez em quando, porém, tire uma onda. Da mesma maneira que o rock toda hora vai ao túmulo do Elvis e pega um fio de idéia no topete do cara, o papo deveria brincar também com essas sonoridades supimpas. É preciso apenas o timing certo.

Eu seria pamonha demais, coió mesmo, se chegasse com a corda toda para a estagiária e achasse que teríamos um cacho se lhe elogiasse a tribal no cóccix com o sussurrar galante uau, broto, ficou um estouro.

A língua, quando mexe e muda de lugar, você sabe, aí é que aumenta o prazer. Brinque com a memória dela. E que ninguém venha com o muxoxo de azia, não é minha tia. Língua é mãe.

CANÇÕES PARA OUVIR NA HORA DO RECREIO

u não estaria aqui, onde quer que esse aqui seja, definitivamente não estaria, se daquele rádio de válvulas não saísse pela primeira vez lá em nem sei quando, lá não sei mais em que priscas eras, o Carlos José cantando que vestida de branco de véu e grinalda lá vinha Esmeralda casar na igreja, uma balada triste como não sei o quê, um papo chororô que não tinha nada a ver com minhas bolas de gude, meus gibis do Cavaleiro Negro e meus gols ao estilo Dida, tudo num papo morbeza romântica que eu não entendia direito e até hoje idem, eu que certamente já tinha ouvido outras tantas músicas do Carequinha e do Arrelia, mas, vai entender, eu não sabia que aquela balada triste me ficaria velha amiga e companheira como a primeira, a mais antiga memória de um texto cantado em mi vida.

Definitivamente eu não estaria aqui, malgrado todo o Paulo Mendes Campos de depois, bengrado todos os relatórios do Graciliano em Palmeira dos Índios de após, eu aqui não estaria e nonada teria a ver com isso ao derredor se não viesse em seguida um chorrilho de outros textos em canção, coisas ainda mais lamentosas como a do campônio dizendo a sua amada, minha idolatrada diga o que quer, coisas até alegres como o Orlando Silva perguntando pra garota o que que há com a sua baratinha que não quer funcionar, sendo que baratinha evidentemente podia ser até um carro pequeno e a pequena podia ser até todas as curvas do circuito da Gávea.

As letras das músicas podiam ser tantas coisas e, já que eu ainda não sabia de baratinha alguma, eu ia simplesmente comendo todas as canções, e foram tantos outros textos musicados escapando das válvulas, coisas que nunca soube se geniais ou, quero beijar tuas mãos minha querida, se ingênuas, mas que marcam, fixam no cerebelo direito, entrecruzam com o PH dos hormônios à esquerda, e hoje me parecem a voz dos anjos condutores.

Dóris Monteiro eternamente tocando num dial qualquer da minha cuca bom mesmo é Café Capital, e eu, sem querer discutir com a memória, junto o café com o leite em pó da vaquinha Mococa que está mugindo, a vaquinha Mococa sempre dizendo, eu junto todos esses sons que vieram lá de trás, lá de quando ainda não havia mentalidade crítica, não se era sequer o garoto que amava os Beatles e o Dave Clark Five, era apenas um garoto jogando tudo pra dentro com o mesmo prazer que fazia com a bolacha Maria, aquela que borrava-se de manteiga, depois pregava-se outra por cima, apertava-se uma Maria amanteigada contra a outra Maria idem, e lambia-se gostoso tudo o que lhes escapava pelos buraquinhos, lambia-se sem saber que era o destino, lambuzava-se com todas essas músicas sem lo-ção de que elas estavam moldando a existência de suas futuras palavras e sentimentos.

Todas até hoje na cabeça me lembrando que ninguém é de ninguém na vida tudo passa, que garota você é uma gostosura proibida pela censura, e que diante dessas palavrinhas que foram argamassando sei lá que sentido em mi vida, sei lá que frêmito em mi divinal querer, sei lá que mancha naquela toalha que esqueceste e onde estava escrito bom-dia, diante dessas notas mágicas eu só sei dizer, mais ou menos como Manuel Bandeira, que teve no porquinho-da-índia a sua primeira namorada, que a música de rádio foi a minha.

Ninguém me ama, ninguém me quer, ninguém é obrigado a me chamar de Paul Auster nem a acreditar no que vos digo, isto é apenas uma crônica ligeira, como o passo do elefantinho, mas me ponham fé que eu liguei o rádio de novo nessas músicas antigas apenas porque anunciaram e garantiram que o mundo ia não só se acabar, mas que o prefeito aproveitara a confusão para proibir a merenda politicamente incorreta nas escolas.

Eu, que de início ia escrever apenas para protestar contra essa intromissão na merenda das criancinhas alheias, foi só dar uma mordida no sanduíche de ovo frito que eu levava para o pátio no primário, ou antes ainda, foi só desembrulhar o sanduíche de ovo frito do papel de pão em que minha mãe embalava o torpedo calórico, ou talvez um pouco antes mesmo, foi já quando tirei o barbante que a dona Hilda laçava em volta de toda essa escultura de carinho e colesterol. Não sei. Foi por aí. Sei lá.

Sei que foi só puxar essa madeleine suburbana e já aí as músicas que me fizeram chegar até aqui começaram a tocar todas de novo, pois era um tempo em que não havia merenda errada e muito menos música certa, tanto as autoridades constituídas me deixavam em paz e orgulhoso com um sanduíche de fiambrada de porco Wilson como os espertos não me aborreciam se em tal noite eu queria que o mundo acabasse, pois, não tenho certeza se a vida era melhor ou pior, dá muita ilusão de ótica quando a gente olha o passado, mas visto assim do alto, olhando aqui de longe, todo mundo sempre parece mais feliz e menos complicado lá atrás.

Basta dizer que lá em casa mesmo tinha um bigorrilho e esse bigorrilho não só fazia mingau como tirava o cavaco do pau, e isso era suficiente para deixar a minha imaginação a mil, mais ensandecida que a do Pedrinho sob o pó de pirlimpimpim, uma imaginação suburbanamente sem preconceito, pois também já havia gente que levava uma maçã para o recreio e ninguém ria, assim como na vizinhança havia uma dona bem-feita de corpo, cheia da nota, mas que escrevia gato com jota e saudade com cê, e ninguém ria dela também, ninguém estava nem aí.

O bom e o mau gosto, pelo menos em merenda e música, não eram assuntos de decreto, e eu só queria da primeira o tutano, que me prometia realçar o desenho dos bíceps, e da segunda, fica comigo esta noite, que me antecipasse, cantando, o mistério da vida, o prazer das palavras e o recreio futuro da boca molhada e ainda marcada pelo beijo seu.

AS PALAVRAS EMPERIQUITADAS, SIRIGAITAS DELICIOSAS

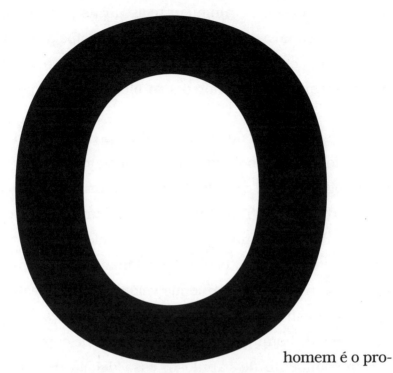 homem é o produto de suas obsessões. Acho que foi o Nelson Rodrigues quem disse. Ou pode ter sido o Nelson traduzido pelo Arnaldo Jabor. Não sei. Não vem ao caso. Café pequeno. Biscoito de araruta. Não vamos armar um banzé por causa disso. Eia. Sus. Sigamos.

O homem é o produto de suas obsessões, está redito, e eu pensei nisso depois que o telefone tocou e do outro lado da linha era o querido Maurício Sherman, um dos ombros sobre os quais se ergueu a televisão no Brasil. Ele me pedia a cópia de um punhado de textos que andei perpetrando sobre palavrinhas e expressões antigas. Mequetrefe. Fuzuê. Salafrário. Estrovenga. Pata choca. Essas coisas. Sei que palavras e plumas o vento leva. Se ninguém registrar as primeiras, elas se escafedem como as segundas. Pegam um golpe de ar, um vento encanado, e babau. Ficamos com a língua cada vez mais pobre, parecendo um cachorro sem plumas e sem poesia.

Os redatores do "Zorra total", o programa de humor da Rede Globo, estão bolando um personagem que só fala usando borogodó como vírgula e, claro, Maurício Sherman, meu eterno diretor do Teatrinho Trol, se lembrou da obsessão matusquela que tenho por debalde, nefelibata, à socapa, à sorrelfa e afins. Fê-lo bem em telefonar e eu, honrado, mandei-lhe os textos. Foi aí que me veio de chofre a sabedoria de que o homem é o produto de suas obsessões. Lembrei de cupincha, de botar a mão na consciência, de capilé, de tentear e principalmente de cabuloso, essa delícia de que mamãe, para meu pasmo ignorante, tantas vezes me acusava, e agora vejo, com razão.

Achei uma maldade que essas palavrinhas e expressões maravilhosas, deixadas de fora nas outras vezes em que naveguei nessa geringonça semântica, não realizassem a vocação natural de todas elas – um dia serem eternizadas num bom jornal de família.

Vivo das palavras. Com essas lembranças procuro assoprar no cangote de cada uma a certeza de que não há qualquer bruaca ou bacurau entre elas. Todas lindas, fofas, uvas, aviões, boazudas serelepes, salsaparrilhas emperiquitadas na medida, prontas para o nhenhenhém gostoso com os verbos de sua afeição. Eu, aqui genuflexo, me declaro mais uma vez por todas enrabichado. Nenhuma desmilingüida ou embusteira. Todas necessitadas apenas de se ajustarem às novas vírgulas. Aos períodos curtos do texto esperto. Não seria justo deixar que ficassem na poeira dos dicionários e nos apagões das memórias. Era só o que me faltava. Dar um beijo nas minhas palavrinhas. Deixar que azulassem de nossas falas, vítimas do banzo moderno de agregar transparência e outras basófias ao papo.

Omessa! Anátema! Papagaio! Cáspite! Blasfêmia! Felizmente, eu percebi que não estou sozinho nesse rega-bofe com nossas doces sibaritas.

Nelson Rodrigues, com quem aprendi a apostar nas minhas obsessões e a pedir licença para ir ao reservado, me compreenderia o tirocínio. No máximo, ele pediria menos sofreguidão na hora de obtemperar contra os fariseus no templo vernacular. Nelson, tenho pra mim, diria: "Calma que o Brasil é nosso, seu Joaquim!"

Sherman, antes de desligar o telefone, pediu que eu parasse de ser trouxa com esse paradigma jornalístico de precisar apresentar sempre um assunto novo. Que maçada, não é, seu Joaquim? Fogo na roupa! E aqui estou, com seu beneplácito, sem qualquer ineditismo, falando mais uma vez do que me deu na telha e na libido intelectual.

Roberto e Helena Cortes de Lacerda são outros que fecham comigo. Acabam de chegar às livrarias com um *Dicionário de provérbios* e sabem às pampas que palavras melosas não temperam sopa. Devem adorar lambujem, balela, boquirroto e botar lenha na fogueira. Aprendi com eles que caxumba no pescoço dos outros não dói, e como o pescoço diante da folha em branco é o meu, tenho certeza que também me liberariam para exercer outra vez a obsessão maldita e clamar para que não morram maravilhas como cascabulho, caraminguá e o apêndice do caqueirada. Assim:

Que horas são? Dez e caqueirada. De quando são essas palavras? Mil novecentos e lá vai fumaça. Quanto eu estou levando para exaltá-las? Acredite. Nem um peru.

Achei, com companhias tão ilustres, que estava liberado para não picar a mula dessa frente de batalha que eu inventei e aqui chamo de novo a radiopatrulha para proteger nossas queridas. Arrelia. Bruzundanga. Embromar. Patacoada. Xongas. Capadócio. Essas palavras que pelas mãos de Maurício Sherman vão dar um gás no humor da televisão podem funcionar no papo cotidiano como uma gemada naquela base, com muita noz-moscada e canela.

Podem trazer a sustança reconstituinte de uma Caracu com ovo no capricho, batida com casca e tudo no liquidificador. Fortalecem a língua. Vai por mim. Xaveco coisa nenhuma.

Não é uma onda de araque, nem se quer tirar casquinha de defunto já no osso. Sou do tempo em que ficar indignado era bom – e aqui vai a bronca. Perdemos o prezo por esse bem fundamental, a língua que se fala e nos dá unidade civil. Bagunçaram o coreto. Levaram a Amazônia, levaram nossos jogadores, a Bebel Gilberto, e agora, se bobear, vai-nos, por ignorância, a língua também. Os jovens, u-hu, têm preguiça de ir além de um dissílabo. O presidente da República, por mais machista que seja o bonifrate, não devia saber exatamente o que falava outro dia quando chamou as mulheres de desaforadas. Chofer do nosso dicionário, bateu com o lotação – e me deu outro gancho para voltar ao assunto.

Se até as palavras ficaram desgovernadas, é hora de deixar de ser fuinha e dar uma olhada no passado dessas sirigaitas maravilhosas.

CH

E REQ

DE

decifra o Ri

ARADAS

UEBROS

CIDADES

FEBRIS

ue te devoro em São Paulo

VAI TE ENTENDER, SUA MALUCA, MINHA LINDA

opacabana, agora que a pérgula do teu hotel genial faz 80 anos, agora que atendendo a pedidos a bailarina Angel volta ao elenco das stripers do peep-show da Serzedelo Correa, agora que se juntam todos esses ganchos quentes para dar temperatura de verão a uma crônica fria – agora, depois de todas essas vírgulas, eu venho discretamente, com toda a pobreza dos meus advérbios de modo, me juntar aos que te cantaram, cantam e cantarão os favores e dizer: és muy lôka, princesinha.

Ninguém reparou, foram só alguns meses, mas eu te morei na quitinete 1215 da Prado Júnior, 48, aquela que tem um corredor com a Princesa Isabel, 7, e se eu te fui invisível pela minha insignificância, não me sai dos miolos uma voz noturna de mulher gritando "me mata, me mata" num cubículo vizinho. Covarde sei que me podes chamar, mas voltei a dormir. Não sei se a dona morreu, não sei se era uma mentirosa, não sei se ela viveu a noite mais inesquecível da sua vida. Não sei de nada o suficiente para te louvar os mistérios, aprendiz que sou dos mestres que tiram sereias de tuas areias. Mas sigo em frente. Dou um abraço no Antônio Maria na Fernando Mendes, e sigo em frente na maior cara-de-pau, como esses garotos que ficam nas tuas esquinas colocando panfleto de sex shop, cheios de pênis de plástico, na mão das madames.

Eu como do teu miolo à milanesa nas noites do Cervantes e talvez seja por isso, só pode, pelo assoberbo de miolos fritos no pâncreas, que entrei nesse lance braguiano, esse ridículo ai-de-ti-Copacabana cravado no meu DNA, de te louvar na segunda pessoa, como se você fosse uma gaúcha em férias ouvindo o violinista tocar "O sole mio" pela milésima vez essa noite na cantina Don Camilo, na Atlântica.

Mereces tratamento de primeira, embora tua graça seja a mistura de pessoas. Eu vi Gina Lollobrigida ajeitando de leve a calcinha no Golden Room. Vejo sempre suas novas mulheres, todas atochadas, como diz Fausto Fawcett, o poeta na mesa do El Cid, em saborosos jeans da grife japonesa Mikome.

Copacabana-me-engana foi história do Caetano na musiquinha superbacana dos 60, aquela em que ele te acusava de esconder o superamendoim e o espinafre biotônico, no velho papo manjado de colocarem tudo, como se não bastassem o crime da Toneleros, a Aída Curi e o show da Ângela Rô Rô na La Girl, na tua conta de dama poluta. Mas, fica fria, Copacabana. Tu não enganas mais ninguém e isso não te vai acusatório. Isso é bom, é tão bom quanto misturar o quarteirão art déco no Lido com o quarteirão GLS na Raul Pompéia. É tão bom quanto misturar o funghi e o camarão no espaguete da Tratoria. Fica fria, mi querida. Fica fria feito a vaca-preta que o Ivan Lessa tomou aí nas tetas do Bob's da Domingos Ferreira, o primeiro do Brasil.

Parece que me deliro, como se a qualquer momento me fosse chegar o farmacêutico cheio de colares da farmácia da Viveiros de Castro e aplicar no cano dos meus verbos uma injeção de correção pronominal, pacificadora, uma injeção feita com o sumo daqueles caranguejos presos na gaiola do bar Barata Ribeiro, 771, esquina com sua multidão de 171 anônimos. Gosto do delírio caótico de Copa, gosto da lenda urbana que fez da tua loja de objetos eróticos um imóvel alugado pela igreja de Nossa Senhora de Copacabana, sua vizinha de parede. Tudo mentira. Orson Welles jogou os móveis dentro da piscina do Copa enquanto filmava "É tudo verdade", mas eu desconfio. Tudo mentira.

Quem sou eu para decifrar teus mistérios, copanita velha de guerra, se até nas pedrinhas portuguesas desenhaste todas aquelas linhas sinuosas, nunca uma linha reta, clara, indo ao ponto. És como todas as outras da tua laia. Turva. Dúbia. Tergiversas, eis o charme feminino da tua espécie. A sopa de beterraba da Polonesa é fria, as neopolacas do Barbarella, quentes, e a vedete Flávia Tarcitano, que ainda há pouco fazia striptease nos inferninhos do Lido, afixava na lateral do palco o exame do IML lhe atestando virgindade. Muy volátil és. Miro-te no perfil mas pareces a Mística, aquela bandida do "X-Men" que não fica mais de alguns segundos com a mesma cara. Já incorporaste o capeta nas boates gays da Galeria Alaska. Voltei lá outro dia. Nos mesmos lugares em que, ao som de "It's raining man", botavas o coisa ruim pra dentro, agora uma multidão de templos evangélicos, aleluia!, vive de botar o satanás pra fora. Vai te entender, sua maluca!

Como te confiar, se espalhas para o mundo as delícias do Posto 6, o mais mítico de todos os postos da tua orla, um prédio que deveria ser a torre Eiffel de nossas vergonhas saradas – e ele, ao contrário do 3, do 4, simplesmente não existe!! Onde está, que não te prende por alardear falsas delícias, o delegado Padilha, terror dos teus bandidos nos 50? Ele jogava um limão dentro da calça do suspeito. Se o limão não parasse, preso na boca apertada, consubstanciava-se que o elemento era *di* malandro – e punha-se recolhido aos costumes. Foram-se os costumes e junto sua agregada, a turma dos cafajestes. Foram-se os tais anos dourados, mas suspeita-se que eram falsos como os seios dos teus travestis do Posto 2.

Onde está, que não te prende por fascínio malsão, o delegado Espinosa, o titular dos romances do Garcia-Roza na 12ª DP, da Hilário de Gouveia, aquela que tem em frente um bar chamado Pavão Azul sinalizando liberdade para os otários presos? Não adianta. Na tua horta do Parque da Chacrinha chove homem, chove delegado, chove síndico pedindo silêncio depois das dez. Tá pra nascer, no entanto, quem tenha autoridade suficiente para te encaretar, enquadrar e levar em cana, mi hermosa e baranga Copacabana.

O RIO ENCONTRA SÃO PAULO E JUNTOS FAZEM UM PAÍS MELHOR

Querido Moacyr Luz, compositor da pesada, cronista de responsa do que vai ao derredor do ovo cor-de-rosa nos bares cariocas. Você vai me desculpar essa pamparra abstêmia mas é o seguinte: dezenove nunca foi vinte. Aperte os ossos, teu culto é nosso. (Só não te pergunto que time é teu porque te sei rubro-negro macho.) Sente o drama, Môa: sou brasileiro, estatura mediana, me gustan las ninfas nos afrescos do Milton Bravo, me gusta el "Perfume de gardênia" no jukebox, me gustan os tempos em que se chamava cerveja preta de barriguda. Tirante tal, não leve a mal.

Não posso aceitar seu convite para escrever sobre os bares do Rio. Botequim é coisa séria. Me falta Jurubeba nos canos, percebe? Sou um Tarzan depois da gripe, nem a Caracu com ovo deu jeito no raquitismo físico e intelectual. Um garoto bokomoko do guaraná Antarctica que das pingas não entende abacate. Quem me dera traçar um quinado, mandar descer aquela que matou o guarda e jogar o primeiro gole ao santo no canto de tamanha complexidade.

Deus que te livre do ridículo de um Zé Mané desses aqui, mais para Steinberg do que Steinhager, mais para Spielberg do que Underberg, doutorar qualquer lingüiça frita e linha mal ajambrada no livro que tão bem costuras sobre nossos Cafés de Viena, os botequins. Estou mais por fora que o "Bunda de Fora", aquele bar na Ponte das Tábuas, tão pequeno que você entra e, foi a Leila Diniz quem percebeu, o buzanfã fica lá na calçada. Podes crer, grande Môa. Erro de pessoa.

Não bebo, não fumo, não cheiro e só minto por obrigação, por saber que é ofício dos que vendem cachaça em palavras, quando escrevo crônicas ligeiras sobre os costumes nacionais. Valeu a intenção. Anexo com orgulho teu convite aos itens primeiros do meu magro currículo de gemada com vinho do Porto. Te benzo em agradecimento com a serragem dos bares da Central, te acendo uma vela aos pés do São Jorge de azulejo que comprei do espólio do Penafiel da Saúde, te bafejo nas fuças a fumaça de um Caporal Amarelinho, te meto em louvação uma ficha na jukebox que me vai sempre nas internas e te ofereço Jorge Veiga cantando "Garota (com o umbiguinho de fora) de Saint-Tropez". Peço a Deus que te mantenha conservado em neve como se saído da serpentina do Adônis, de São Cristóvão.

Seguinte. Pode parecer papo de bêbado, mas vou repetir os tremoços. Botequim é coisa séria e é só por isso que me calo. Me falta para professorar o calo no cotovelo dos que tomam chope em pé no balcão. O Jaguar tem. Pega só. Sou um ignorante e qualquer um já notou isso naqueles segundos a mais que levo para responder se na pressão, se com colarinho. Mínima idéia. Grego. No máximo aprendi, em meio a uma saraivada de croquete de carne com Malzbier no Petisco da Vila, ouvindo o Perna, teu vizinho aí da Muda, que "barata não atravessa galinheiro". Parecia frase de Confúcio bêbado, mas tinha mais inteligência que o Lula sóbrio.

Acho que você está de acordo. O Bar Brasil fechou. Não o da Mem de Sá, com seu schiniti e lentilha garni sempre no capricho. O Bar Brasil do Dirceu. Do Genoíno. Havia barata demais atravessando o galinheiro, todas carregando sardinhas e capilés. Fechou o Bar Brasil em que o garçom Lula, para esconder o sujinho diante do freguês que chegava, sacudia a toalha e a virava pelo avesso na frente do comensal, achando que bastava o expediente para ganhar o ISO-9000 de mó limpeza.

Que ressaca, hein, Môa?! A administração do boteco petista começou com uma garrafa de Romanée Conti, acabou em Praianinha. Perdeu o perfil e isso, pergunta para a dona

Maria aí no bar da tua rua, é mortal pro negócio. Não tenho receita anti-ressaca para oferecer, não sei o papo certo que se leva para trocar um cheque com o português, não desconfio da função da azeitona na coroa do dry martíni. Mas antes que tamanha patetice fique ao exagero e não haja catuaba que me levante o moral, te bato o seguinte plá. Tenho ouvido esses sabichões de plantão vaticinando o diabo diante da crise política e acho que a mensagem está na garrafa. Calma, te explico. Não dá mais pra ficar espantando a mosca do balcão para diminuir o número de bactérias no torresmo. É preciso construir novo bar.

Andei de férias, andei por buracos que você nem imagina e num desses bons momentos eu estava com o Marcelo Rubens Paiva dando um rolé pelos bares paulistas que se inspiram nos bares do Rio. Eu não bebi nada, juro, mas mesmo assim concluí o seguinte. Se o governo JK fosse um bar, teria sido o Pardellas, da Santa Luzia, com seus funcionários públicos chorando a ida para a Novacap. Fechou. Se a ditadura dos militares fosse outro bar, teria sido o Antonio's, com a esquerda festiva do Leblon romantizando a revolução. Fechou.

O Tangará, na Cinelândia, seria uma catedral PT, com suas batidas de frutas nordestinas – mas, como se sabe, o Tangará, não à toa, está sendo reformado. Dá para contar a História do Brasil através de nossos bares, percebeu? Esse bar paulista inspirado nos clássicos do Rio, e que o Rio agora importa, com mais conforto para os bebuns, melhores comidinhas e banheiro limpo para o mulherio, é o projeto possível para um novo país. É um sonho de administração.

Fui no São Cristóvão, no Astor, Pirajá, Posto 6, Filial, quase todos ali na área da Vila Madalena. É um projeto de Brasil que te ofereço em despedida, Môa, e para limpar minha barra com o amigo. Esses bares pegaram a bagunça carioca, a santa maldade escondida nos quitutes do Braca, o barrigudo de sunga contando piada suja no meio do salão idem. Juntaram esse jeito de corpo que é a alma do balneário com o bom serviço paulista, aquele trem das onze saindo sempre na hora.

É o único Brasil que está dando certo. Eficiência e manemolência, a salvação do país são. O resto é a moela à milanesa de ontem, nossos políticos estragados pela corrupção. Nossos pensadores, quando as garrafas começam a voar pelo salão, escondem suas idéias embaixo da mesa. O porre é geral. Todo mundo tonto com a caninha da roça servida pelo PT. Um país inteiro fechando e só os bares paulistas com cara de carioca abrindo.

Aí tem. Tem um projeto de Brasil dentro dessa idéia de casco escuro e estupidamente gelada. Decifre-se. Como eu não bebo, embora minhas palavras sim, deixo a garrafa na mesa e puxo o bonde. Vai que é tua, grande Môa. Saudações.

C
IDIOSS

segredos de ur

IH... ESTOU OM UMA NCRASIA!

aderninho de anotações

A MEMÓRIA MENTE MUITO MAS NÃO FAZ POR MAL

u me lembro, e não entendo por que de uns tempos para cá as pessoas ficaram com vergonha de molhar os olhos quando se lembram de ai como era bom, eu me lembro que saudade era, ao lado do batuque na cozinha, o toque de trivela e as ancas da sardinha 88, a saudade era uma das glórias nacionais.

Não tinha tradução no idioma inglês e nem em qualquer outro. Coisa nossa. A saudade era pedacinho colorido de confete e, dependendo de quão velho cada um de nós fosse, havia sempre alguém que se lembrava de ter dormido protegido apenas pela segurança antimosquito dos espirais de durmabem, outro que se abanava com o sexo seguro de um catecismo do Zéfiro – e isso tudo era tão delicadamente gostoso que a saudade matava a gente, morena. De prazer. Tenho saudade e gosto de conjugar seus verbos em todos os tempos regulares e irregulares.

Às favas a modernidade dos que não vêem sentido em pegar jacaré nessa onda, não vêem nenhuma praticidade em se ter um carro com os faróis projetados para trás. Eu vejo. I see dead people, mas sem o mesmo medo do garoto no cinema. Na boa. Sinatra disse para Sammy Davis Jr. que vencia quem morria com mais brinquedos. Estou de acordo. Gosto de brincar de saudade. Tenho dúzias desse bambolê e Playmobil.

Eu me lembro da frota encabeçada pela Santa Maria, Pinta e Nina. Eu me lembro de todos os afluentes da margem direita do Amazonas, começando com o Javari e o Juruá, lá no cantinho com o Acre, e vindo até aqui perto na boca do Atlântico com o Madeira, Tapajós, Xingu e Tocantins. Eu me lembro, e se Deus quiser não pretendo jamais me esquecer, dessas inutilidades escolares porque, por menos utilidade que elas ofereçam hoje aos homens de negócios que somos, não me ocorre madalena mais gostosa para lambuzar de jajá de coco os lábios da memória e alavancar junto o cheiro da minha pasta de couro na escola.

Qual o problema?

Qual é o mosquito de se ouvir de novo o bento que bento é o frade na hora do recreio (que hora tão feliz, queremos o biscoito São Luiz) e ainda o Zé Trindade chanchadeiro avaliando, e me sendo primeiro professor na matéria, a dona boazuda que passava emulando a pororoca marajoara, as águas quentes de Goiás e o arrebol do Arpoador. "O que é a natureza", dizia o Zé. Até hoje concordo, me maravilho e faço profissão de fé.

Sei que quanto mais fraca for a memória – e eu não tomei todo o óleo de fígado de bacalhau que o doutor mandava – quanto mais fraca a memória mais o cidadão se recordará com nitidez de como foram bons aqueles tempos. Melhor assim. E, boemia, aqui estou de regresso, aqui estou vibrante de suspiros de como era malandramente elegante saltar de ônibus andando, como era matissiana a seda azul do papel que envolvia a maçã e como toda a atual programação do canal a cabo Sexy Hot soa sem mistério erótico diante do pêra, uva, maçã ou salada de frutas com as meninas no recreio.

Eu vi essas "cachorras" nascendo. Eram chamadas de avião, pedaço de mau caminho, certinhas, broto. Posso até achar que as saradas sucederam-nas com mérito, e, cá entre nós, eu adoraria chancelá-las com o meu carimbo de aprovadas. Mas jamais vou esquecer as que me foram cacho, affair e perdição.

A memória mente muito, mas não faz isso por mal. A subjetividade lhe é da índole. Eu me lembro, qualquer um pode ir ao arquivo confirmar, que o ataque do Flamengo era formado por Joel, Moacir, Henrique, Dida e Babá. Já a memória afetiva não tem autenticação passada em cartório, não registra assinatura. Ela apenas pede baixinho, feito a princesinha Norma Blum no Teatrinho Trol da Tupi, que você acredite. A memória afetiva, essa minha crença de que o fonograma perdido de Dóris Monteiro cantando o jingle do Café Capital é a melhor gravação da bossa nova, tem a inteligência do dono. É o outro lado do videoteipe, esse burro da pior espécie. Limitado a suas câmeras óbvias, o teipe registra tudo exatamente como é de fato. Tolo. Moço, pobre moço. A memória não.

Paulinho da Viola ensinou que a vida não é só isso que se vê. É um pouco mais. Quem haverá de saber, sequer eu, sequer o analista, o bem que me fez o amor inicial? Presumo que minha primeira namorada tenha sido a moça da tampa da caneta esferográfica, aquela para sempre sorridente que ia tendo o maiô subtraído pelo movimento da tinta até que finalmente, para meu espanto, revelava sua gloriosa e glabra nudez. Saudades sinceras, meu bem. Foi bom enquanto durou a tinta, querida.

Eu me lembro do mocotó das vedetes, do pente Flamengo para fora do bolso, de ajudar a empregada a tirar as pedrinhas do feijão, das pílulas de vida do dr. Ross fazendo bem ao fígado de todos nós – e não sou doido de estar com isso querendo matar a saudade de ninguém. Que a todos a saudade seja imortal. Vivo da minha, e graças a Deus essa saudade me vem com duas polegadas a mais e na cor mais linda do mundo, o azul da pedra do anil Rickett. Sou grato quando a saudade me aparece com aquela saia tergal plissada, cheia de machos e que ao estrear, no governo João Goulart, foi apelidada de Maria Teresa, por ser nossa primeira dama, como insinuava a maledicência da época, cheia deles também.

Quero mais é tratá-la, a saudade, a minha, com Biotônico Fontoura. Perpertuá-la com a gordura de coco Carioca. Nutri-la com a banha de porco e com muitos biquinhos daquele pão, os seios que eu imediatamente beliscava quando era trazido pelo padeiro de bicicleta. Quero que a saudade cresça e apareça, brinque com a língua retrô, faça barba-cabelo-e-bigode da contemporaneidade otária e mostre a todos que não adianta estrilar e nem bater o pé. O que resolve é ter logo à mão lâmpadas GE. O que resolve é fazer a luz da criatividade e apagar o preconceito.

A culpa, se você pretende classificar meu comportamento de antinatural, é do desafinado. João Gilberto, logo ele, um sujeito que vivia cantando sambinha antigo, lançou em 1959 o Brasil na terra da modernidade com o LP "Chega de saudade".

O país do futuro, tão anunciado, chegara e queria se livrar o mais rápido possível do Jeca Tatu, do tiro no peito do Getúlio, da bofetada no Bigode, das macacas de auditório, das múmias do Museu da Quinta da Boa Vista, dos amores infelizes do Antonio Maria. Queria se reapresentar em novo padrão. Camisa Volta ao Mundo que não precisava passar, garotas de biquíni no Arpoador, o fusca produzido nas fábricas de São Paulo. Depois de décadas com o berreiro do Vicente Celestino tonitroando nos ouvidos pátrios, a modernidade urgia em sintonizar o dial num sujeito cantando baixinho. Como o Chet Baker e a Julie London faziam lá fora. Foi aí que João sussurrou o chega de saudade, e o Brasil começou a achar cafona, hoje de manhã, tudo que tivesse sido feito ontem à noite.

Sinceramente, sem querer cantar marra, sem tirar chinfra, eu estava lá, e não pisquei. Deve ser porque eu usava Optraex, um copinho azul em que se colocava uma solução líquida para lavar o olho. Com a menina-dos-olhos viva e esperta, não levei João no radical. Entendi que aquilo era o velhíssimo Dorival Caymmi, o eternamente Orlando Silva, só que numa outra batida de violão, essa coisinha também das antigas. Segui na paz, curtindo tanto o blim-blom do novo baião de João como o que vinha das ondas da PRE-8, Rádio Nacional do Rio de Janeiro, transmitindo diretamente do palco-auditório do 21º andar da Praça Mauá, 7.

Eu sempre pautei a vida pelo bordão do Café Moinho de Ouro, que já nos tempos dos barões era servido nos salões – e nunca entendi por que jogar fora os bons grãos da memória. Não só digo que dura lex, sed lex, no cabelo só uso gumex, como faço questão de aproveitar sempre uma sobra do fixador para colar bem coladinho tudo o que já ameaça ser vaga lembrança. I see dead people, e não só: produtos, jingles, comportamentos, piadas e palavras. Pode ser tudo muito divertido e brinquedo. Ou você não brinca com meu brinco?

Continuo achando, do mesmo jeito que os Sex Pistols cantando o "My Way" do Sinatra, feito o João cantando Noel, que não há programação melhor para o grande rádio da vida do que misturar as estações. Não dar um chega-pra-lá no passado. Mas manter vivo, para sempre turbinado, o que nos é felicidade e borogodó.

DEIXA SOLTO, DOUTOR

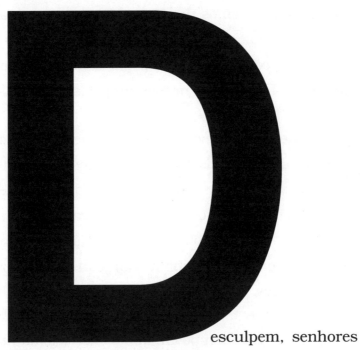esculpem, senhores editores das revistas masculinas, mas não quero saber de conselhos para se alcançar um corpo malhadão. A barriga tábua-de-tanque é dom de quem tem, não insistam em torná-la item obrigatório para ser homem nestes tempos. Não capitularemos ao ridículo.

Muito menos peçam, como vi numa revista, para se perder a vergonha de tratar com os amigos sobre os cremes que estamos carregando escondidos na maleta, como se eu e o Arnaldo Jabor admitíssemos carregar outra coisa conosco que não um volume qualquer do Bukowski, um canivete suíço e o par de joelheiras para um time-contra no Aterro. Mudamos, nem sempre por iniciativa própria, mas vamos com calma. Temos um Zé do Boné a zelar. Ainda não será dessa vez que receberemos de vocês, Moisés dos aquários das Redações, a tábua com as dez melhores cantadas a se dar numa mulher ou como abrir com estilo contemporâneo a porta de um single-bar. Temos nossas próprias manhas. Relaxem.

São muitas revistas dizendo que tipo de flor entregar, o que cozinhar para ela no primeiro encontro (esqueça o amendoim, deixa cascas nos dentes). Dos conselhos de homem que tenho ouvido, prefiro seguir exclusivamente a sabedoria do flanelinha – "deixa solto, doutor". É o que tenho feito. Se o mocassim colorido combina com jeans customizado? Por favor, senhores.

Eu sou do tempo em que o exercício da masculinidade plena era atividade simples, algo que precisava como apêndice estético apenas do apoio de um bom pente Flamengo e, pronto – deixa a vida me levar. Milhões de homens passaram felizes suas existências balizados por uma única filosofia: "Dura lex, sed lex, no cabelo só Gumex". Infelizmente, já era. Complicou. Tenho visto cada vez mais revistas especializadas em dizer como o homem, se gordo, deve se vestir de preto para anular as adiposidades ao redor da barriga, e se de cabelos finos, como torná-los mais cheios com o xampu de ovo transgênico.

Ora, senhores editores dessa nova tendência das bancas, me poupem os poros. Acabei de limpá-los com o Clay

Mask da Zirh. É uma loção relaxante, mas não o suficiente para me obnubilar a razão.

Seria reduzir demais o espectro de uma revista masculina deixá-la em eterno rodízio pelo corpo das deusas nuas e piadas de loura. Nada contra ampliar a pauta. Mas eis que se volta contra o macho, este que ainda há pouco ria da *Nova* e da *Cláudia* por estabelecerem para suas leitoras a obrigatoriedade de a cada estação do ano trocarem o tamanho dos seios – eis que se volta contra o macho a mesma ditadura. Ei, garotos, agora depilem os pêlos do peito. Ótimo. Agora vamos aplicar um silicone no peitoral.

Leio nessas revistas que ficou absolutamente impossível continuar homem no século XXI sem ter feito, por exemplo, um curso de vinho e saber a temperatura ideal para servi-lo. Não tenho a mínima idéia de que uva é feito o branco – e não arvoro aqui qualquer orgulho especial pela ignorância. Só quero ser dispensado, como até ontem, da súbita obrigatoriedade de freqüentar esse vestibular cafona para ganhar inclusão sexual.

Repara só: como são de safra triste os senhores que, treinados a dispensar com elegância o cangote da moças, tentam seduzir cheirando a rolha.

As revistas masculinas, quase todas editadas por mulheres, estão ensinando o homem a aplacar a testosterona, suavizar o instinto e trabalhar a pegada de jeito menos extravagante. Querem-no sensível e ouvinte do que elas têm a dizer. Sejam românticos, rapazes, liguem no dia seguinte. É o contrário das mensais femininas, que obrigaram a mulherada a um papel mais agressivo. Recuperem o tempo perdido, tigresas. Caiam matando, guerreiras. Querem-nas turbinadas e assumindo o controle da situação. Como são infelizes homens e mulheres que pautam suas vidas pelas pautas dos editores de revistas.

Gerações inteiras de fortões achavam que bastava apertar um punho contra o outro, o método Atlas da Força Aérea Canadense, e elas se renderiam. Podia até ser, mas só até anteontem. Acabei de ler na banca: excesso de músculos cheira a falta de masculinidade.

Elas detestam marombados. Pior: mulheres gostariam que seus amigos gays fossem héteros, pois estão num momento em que cultuam machos sensíveis. Não aconselho meus pares a correrem atrás. Quando você, para entrar no perfil da moda, estiver acabando de ler toda a poesia de Bandeira, é bem provável que elas já tenham sido convocadas a preferirem o novo cafaja da novela das oito.

Machos, líderes, campeões, já soubemos de tudo. Hoje somos convencidos pelos sabichões da press de que não passamos de uns pobres coitados ignorantes das coisas da vida, compradores de revistas em busca de dicas espertas. Que roupa se deve usar para agradar a uma mulher no primeiro encontro? Cuidado para não estar mais perfumado do que ela.

Uma dessas publicações, que tenta ensinar o homem a se comportar segundo os novos valores da pele hidratada, lista cinqüenta coisas sobre elas que ele, o papai-sabe-tudo na televisão de outrora, não sabe mais. Aqueles beijos que levavam nas orelhas e pareciam se derreter todas? Pois então. Depois de anos conformadas em se deixarem lambuzar, elas tomaram coragem para dizer. De-tes-tam. Inventem outra, rapazes.

Conheci mulheres, vítimas da opressão editorial, que começaram a semana com as unhas azuis e sexta-feira, quando saiu a nova edição da revista, precisaram trocar para o rosa-escuro. Outras, sexualmente tímidas, foram convencidas de que estavam fora de seu tempo e convocadas a colocar fogo no colchão, ou, quem sabe, na própria mesa do chefe. Os homens são as novas vítimas. Flagrados no contrapé, no momento em que boa parte deles ainda emula o Brucutu e puxa a Hula pelo cabelo nas boates, eles piscam inseguros diante das novas ordens. Revelem suas emoções, rapazes, mas em seguida corram ao dermatologista e providenciem um botox básico para aliviar as marcas de tanta expressão de carinho, amor e compreensão.

Caçar javali, Santo Asterix, socorrei!, era mais fácil.

O CAPITAL ERÓTICO É O MELHOR INVESTIMENTO

O jornalismo é uma profissão deveras divertida e neste momento ele está me levando pelo braço, mais exatamente é Fernando Sabino, de blusão branco, manga curta, quem está me levando pelo braço até o velhote rabugento, um sujeito que se conserva assim meio que por farra, meio que por angústia sincera, e está sozinho com um copo de uísque na mesa.

"Ô Rubem, fala aqui pro repórter do *Jornal do Brasil* o que você acha da personalidade do aniversariante", provocou Sabino.

Rubem Braga, que já tinha se deixado fazer de pele a noite inteira pelos amigos, virou-se para o humilde repórter

JB que ora vos fala, tudo isso tendo acontecido no janeiro da graça de 1984, e mandou que este eterno foca atrás das sardinhas da informação escrevesse no bloquinho.

"Anota aí", disse com a voz mais grave do seu repertório de assustar o próximo. "O aniversariante é um doido varrido."

O jornalismo tem dessas coisas e aqui, mais uma vez em genuflexo, só posso lhe ser grato por me oferecer tamanha cena. Lá estava eu reportariando para o *Jornal do Brasil* a festa dos 60 anos do psicanalista-doido Hélio Pellegrino, na casa de sua mulher, Maria Urbana Pentagna, no Jardim Botânico. Ao fundo, uma plêiade de astros da literatura dançando "ô balancê balancê" da Gal. Entra na roda, morena, vem ver.

Maria Julieta Drummond de Andrade havia acabado de chegar de Buenos Aires e era "cantada" por Alfredo Machado para publicar na Record. Ferreira Gullar criticava o governador Brizola que, num golpe, encerrara a carreira de seu "Vargas", no João Caetano. Otto Lara Rezende, de barba branca, me contava que o psicanalista-doido não queria dar festa nenhuma, mas que ele o convencera roubando-lhe o próprio jargão profissional.

"Você está querendo fugir de quê, Hélio? Fuja para a frente, deixe os outros gostarem de você. Faça 60 anos com altivez, ora. Até parece que você não é analisado."

No final do mês, o patrão no JB ainda me pingaria algum na conta bancária como paga por eu ter passado um punhado de horas degustando pasta de siri com Flávio Rangel e relatado ao grande público depois. Um salário razoável para bebericar vinho branco com Wilson Figueiredo, ver Dina Sfat jogando os cabelos para trás na pista de dança ("adorei o Shakespeare em catalão que assisti na Espanha") e ouvir Pellegrino resenhar os sessentinha para Sabino.

"Valeu a pena. Investi na amizade, no capital erótico e não me arrependo. A salvação está em você se dar, se aplicar aos outros. A única coisa não perdoável é não fazer. É preciso vencer esse encaramujamento narcísico, essa tendência à uteração, ao suicídio. Ser curioso. Você só se conhece conhecendo o mundo. Somos um fio desse imenso tapete cósmico. Mas haja saco!"

Fernando Sabino deu uma bolsa a tiracolo para o aniversariante e, prestes a fazer também seus 60 em outubro, contava uma história acontecida com o marechal Juarez Távora. Convidado por militares para uma conspiração aos 60 anos, Távora negara-se. Aos 60, justificava, fazia-se tudo às claras. Jogo aberto. Sabino, mineiro típico dos sentimentos retraídos, concordava ali na roda do quintal. Estava alegre. Achava que os 60 iam jogar ele e o amigo Hélio para fora das sombras das montanhas de Belo Horizonte. Finalmente o sol do Rio abriria luz sobre suas cabeças.

Não foi, como se sabe, o que aconteceu. Pellegrino morreu logo em 1988 e Sabino, depois do mal compreendido livro sobre Zélia Cardoso, trancafiou-se em casa, assustadoramente mineiro. Nada disso importa, xô baixo-astral. Hoje é o dia de comemorar os 20 anos daquela festa de arromba dos literatos mineiros e a minha sorte jornalístico-existencial de encontrar por perto Braga e Sabino, autores das crônicas que me fizeram de alguma maneira caminhar para estar lá e sem as quais eu definitivamente não estaria aqui – se é que me faço claro e não deixo a emoção turvar a homenagem.

Lamente-se daquela reunião no Jardim Botânico apenas a ausência no salão de Paulo Mendes Campos, o mais ansioso de todos os quatro amigos mineiros. Ele começou a bebemorar a data por volta das dez da manhã e não pôde prolongar os serviços pela noite. Perdeu. "Ser brotinho", ele escreveu num texto célebre, "é ter horror de gente morta." Na festa, meninos serelepes curtindo um com a cara do outro, eles ainda estavam todos na voz ativa daquela crônica. Ser brotinho é lançar fogo pelos olhos. E assim o faziam.

"Só um louco procura o psicanalista Hélio Pellegrino", dizia, segundo Ferreira Gullar na festa, o letreiro anunciando os serviços do honorável médico na Belo Horizonte nos anos 40.

Hélio, aproveitando que o LP de Gal tinha dado um tempo na vitrola, mandava ver no meio da roda. "A pedra, o vento, a luz alteada/ o salso mar etéreo, o grito/ do mergulhão, sob o infinito azul:/ Deus não me deve nada", recitava anunciando o livro que estava para lançar.

Nunca mais vi esses doidos geniais ao vivo, embora suas palavrinhas não tenham parado de pulsar por baixo de todas estas que acabaram de ser digitadas, e tenho certeza de que assim pelos tempos e tempos será. Imagino todos reunidos agora numa daquelas nuvens de branco leitoso que Braga achava ser o do lombinho no almoço mineiro e o da primavera quando batiam as quatro e meia da tarde. Tagarelam na nuvem como faziam na festa, zoando da própria situação. Paulo Mendes Campos, um dos grandes humoristas brasileiros, certamente já reescreveu o "Ser brotinho" e breve alguém psicografará o novo texto, agora intitulado "Ser mortinho".

"Deus sabe o que faz", "afinal descansou", "é preciso a gente se conformar", deve estar dizendo o recém-chegado Sabino, morto dias atrás, citando o chorrilho de clichês de condolências que relatou num dos verbetes de *Lugares-comuns*, um de seus livros mais divertidos. "O que consola é saber que ele está melhor que todos nós."

Saí da festa e escrevi a reportagem que me pedia a pauta do JB. Mas, de tanto ler Sabino, eu desconfiava. Aquela noite dava uma crônica sobre a amizade, o bom humor e os delicados mistérios da existência.

DO PAI HERÓI, NO PULSO ESQUERDO

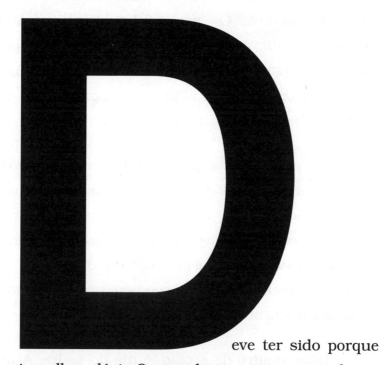eve ter sido porque eu restaurei o velho relógio Omega do meu pai, comprado em 1950, e o relojoeiro me disse para, pelo amor de Deus!, não andar com ele na rua. Deve ter sido por isso, pela insistência camicase em carregar meu pai de novo pelas ruas da cidade, preso no pulso esquerdo, justo agora que começa o agosto da comemoração do dia dos pais.

Deve ter sido por isso, saudade e medo, só pode ter sido, que me veio a lembrança de um tempo em que meu pavor infantil era não o de ladrões na esquina, mas o de morrer de corrente de ar, uma ameaça que rondava as famílias, todas com exemplos de entes queridos mortos numa daquelas lufadas assassinas que entravam pela porta entreaberta e, babau, lá se ia aquela prima bonitinha.

Ninguém morre mais de corrente de ar como no agosto da minha infância. Os meninos hoje também não têm mais espinhela caída, não usam emplastro Sabiá no peito e ninguém lhes aplica mais, goela abaixo, uma colherada maligna de óleo de fígado de bacalhau para aprimorar o desenvolvimento do físico e da memória.

Eu não estou sentindo exatamente saudade de nada disso, mas o pensamento parece uma coisa à-toa e, quem ouviu Lupicínio sabe, como a gente avoa quando começa a pensar. O relógio do meu velho e querido pai, brilhando de novo pós-restauro, foi-me puxando de volta pelo pulso e, de repente, vai entender?!, tudo ficou com um leve gosto achocolatado de Sustincau. Será que tinha?

Hoje, quatro de agosto, é dia do padre. Acabei de ver tamanha bobagem num desses livros de cultura inútil e normalmente não prestaria atenção na abobrinha. Mas, sei lá, deve ter sido por causa do tempo Omega me levando de novo até as sensações da infância e também pela mais completa ausência de sentimento religioso que me permeia a alma herege no momento. Deve ter sido pelo tique-taque dessas emoções disparadas por agosto que, ao ver a palavra padre, imediatamente me veio não o pelo-sinal-da-santa-cruz, mas alguma voz no fundo gritando o "último lá é mulher do padre" – aquele momento decisivo em que saía todo mundo correndo.

O pulso, que agora me pulsa com o mesmo relógio que antes pulsava a autoridade do pai português, sabe que o passado visto assim do alto, e cada vez mais de longe, é um grande mentiroso. O Vigilante Rodoviário devia ser tristíssimo. Uma infância dividida em pêra, uva, maçã, bola ou búlica pode dar a impressão, hoje, de recender apenas a essência do sabonete Cinta-Azul, aquele que carregava uma pedra de água-marinha no bojo de alguns dos seus tabletes.

Mas e a cachumba? O mertiolate? O boletim de notas? A priminha bonitinha te dizendo "não" antes de morrer? A saudade é acrítica e nela tudo comove. Às vezes choramos apenas pela mais sublime e básica das sensações, a de termos sobrevivido às correntes de ar e aos jogos da memória.

Domingo desses, já com o Omega paterno me servindo de bússola, fui parar no Museu do Pontal, em Vargem Grande. Eu poderia narrar alguma coisa sobre a beleza da arte popular nacional exposta ali, esculturas geniais do mestre Vitalino. O que me impressionou mesmo no meio de todos aqueles bonequinhos de barro foi a reprodução de uma cena que já me tinha sumido: a brincadeira de carniça.

Era coisa de menino suburbano. Do mesmo jeito que as meninas não passam mais o anel, não se joga mais carniça. Eu desmentiria se alguém dissesse que a humanidade está desse jeito por ter abandonado a carniça. Era tudo meio estúpido, grosso. Aos quarentões de hoje peço apenas – não vou revelar detalhes, rapazes, ficam entre nós – peço apenas um minuto de silêncio pelos camaradas que se entusiasmaram com o capítulo de molhar a caneta no tinteiro e nunca mais foram os mesmos.

Às vezes eu tenho a impressão que a saudade, por mais água-marinha que se ponha no sabonete dela, não é essa coisa toda que a gente sente e geme "ai como era bom". Eu estou passeando por ela, orgulhoso do Omega do portuga me dando corda e passando o bastão da existência, com todos os seus compromissos e horas marcadas para entregar a crônica ao editor. Mas não consigo dizer, por mais que o garoto da outra rua me provoque com gritos de "tá com medo tabaréu, tua linha é de carretel", ninguém vai me ouvir dizer que "aquilo sim". A nostalgia é uma velhota sem senso de ridículo. Havia o televizinho, o Jajá da Kibon, a maria-fumaça feita com jornal, o "que time é teu", os cadernos Continental com o mapa do Brasil na capa e o hino na contra. Na rua, eu ouvia "Marraio, feridô sou rei" e em casa Amália Rodrigues baixava a bola, pré-dark, cantando que "tudo isso existe, tudo isso é triste, tudo isso é fado". Havia muito mais. O resto, felizmente, vai ficando para muito antes de antes de ontem e eu agradeço, sem dó, sem precisar me confessar ao padre, à corrente de ar que pegou a memória sem camisa e, babau, matou a saudade.

O passado, quanto mais passado fica, costuma parecer restaurado, muito mais bonito, como o relógio que me encanta agora e serve de presente involuntário no dia dos pais. Melhor assim. O Omega veio do tempo em que Waldir Amaral gritava nos jogos de futebol do rádio o bordão testosterona, entre Freud e Nenen Prancha, de "O relóóóóógio maaaaarca". Ele veio do tempo do "Papai sabe tudo", a série da TV Tupi. Hoje a televisão vende a imagem do "Papai sabe xongas". É sempre um sujeito perplexo como o Hommer Simpson. Não acho ruim, não acho que o pai esteja em baixa porque lhe tiraram a capa de super-homem e a autoridade inquestionável. A família desandou, mas, por favor, o velho não tem culpa dessa. O meu era um personagem austero, como o relógio que deixou de herança. Quase não ria, não abraçava, sempre resguardado nos seus negócios. De noite, os filhos pediam a bênção antes de dormir. Tocava um fado triste na vitrola.

Se não me falha a memória, se o elixir de inhame e o xarope de alcatrão fizeram algum efeito, eram todos assim. O pai-herói entregou o bastão ao pai-moleque e deu a missão por cumprida. O relógio que me vai no pulso é apenas um rito de passagem marcando o tempo presente – e não dói.

"SEU" JOAQUIM, QUIRINQUINQUIM, DA PERNA TORTA

Vai por mim, querido Joaquim. Papai Luciano Huck e mamãe Angélica te queriam o melhor dos mundos quando te nomearam assim. "Seu" Joaquim/ quirinquinquim/ da perna torta/ dançando a conga com a Maricota. É um nome engraçado, te prepara para ouvir essa musiquinha muitas vezes. A turma estranha. Eu sou Joaquim por não sei quantos anos e estou te escrevendo, mal acabaste de nascer de pais tão fofos, porque um nome desses precisa de bula de acompanhamento pela vida afora, principalmente na infância. É barra, vou logo te avisando.

Sou Joaquim – e te cuida, xará, porque vão te chamar de Quincas, Joca, Quim, Quinzinho, Joa, Joaca, Juca, vão te chamar de apelidos curtos para fugir do som fechado e esticado do nome – sou Joaquim desde o tempo em que a alcunha não era moda bacana entre os meninos ricos, como parece ser agora. Pelo contrário. Coisa de portuga. Os garotos na escola faziam marcação cerrada em quem tivesse uma chancela dessas.

No primeiro dia de aula, quando ninguém se conhecia na turma, a professora fazia a chamada e era só o meu nome surgir com sua incrível sugestão de piada, no meio de principescos Albertos e Ricardos, para a galera cantarolar a musiquinha do quirinquinquim da perna torta. Gramei. Ninguém era Joaquim impunemente, todos carregavam no nome a informação de que vinham de família portuguesa com certeza, quatro paredes caiadas e cheirinho a alecrim, como no fado da Amália Rodrigues. Nenhum problema com isso. Mas era, como a Deborah judia e o Amir árabe, um nome que chegava prenhe de informação sobre seu portador, e todos nós sabíamos como era curioso o preconceito sobre os portugueses no Rio de séculos atrás.

Para um menino tímido que só queria da vida o líquido mágico que no "Falcão Negro", da Tupi, dava o dom da invisibilidade ao seu portador, ser Joaquim na hora em que você se apresentava a um desconhecido já trazia texto demais sobre sua vida pregressa, tipo de alimentação, tremoços com vinho Dão, xales negros nas festas de aniversário, tias com bigodes espessos, informações que os estereótipos dos programas humorísticos iam cravando na carcaça dos descendentes de imigrantes. E tudo o que um garoto tímido queria era to be alone e invisível com suas figurinhas do Torneio Rio-São Paulo.

Eu te saúdo, novo Joaquim, que a vida te seja linda como o sorriso da mamãe, e te conforto com a notícia de que podia ser pior. Artistas costumam dar nomes ainda mais exóticos aos filhos e eu estou me lembrando da Riroca, a filha da Baby Consuelo. Uma menina muito bonita, mas, sossega, grande demais pro teu bico. Ela passou a infância e a adolescência com os garotos na escola trocando a consoante inicial do Riroca por uma bilabial pornô, e quando adulta, chateada, resolveu livrar-se do fardo. Ela trocou de nome no cartório, e você não vai acreditar, Joca. A Piro..., quer dizer, a Riroca virou Sarah Sheeva.

Vê lá, Joaquim, vê lá se aos 21 tu não vais te bandear para Manuel. Aproveita que papai e mamãe são formadores de opinião, estabelecem conceitos do que é bom gosto, e vai firme no novo status do nome. Te escrevo, e quem se chama Carlos ou Helena deve estranhar tanto drama, porque passei anos tendo a alcunha inteira, Joaquim Ferreira dos Santos, usada para identificar os portugueses nas piadas dos livros, shows e programas do Casseta&Planeta. Neguinho bagunça mesmo. Sei que é um nome mais apropriado para estar no letreiro de algum estabelecimento de secos e molhados, nunca numa crônica dos parangolés brasileiros, nunca no autógrafo de um grande artista da TV, que é o que te desejo, seguindo os passos dos seus pais.

Conto contigo para mudar esses paradigmas e, se sobrar tempo, botar abaixo os paradigmas em geral, pois essa é a graça, se você permite o conselho de tio, de ter vindo a este mundo de meu Deus! Podia ser pior, pensa sempre nisso. Existe em algum lugar do país, acredite, uma mulher chamada Holofontina Fufucar e esta carta de solidariedade aos que carregam nomes complicados é para ela também, nossa querida Fufu. Dois anos atrás, Quincas, eu escrevi uma carta de solidariedade – como você vê, eu estou sempre atento aos nossos – endereçada ao Mano Wladimir. Você vai encontrar ele em algum play por aí. É filho, olha que nomes lindos de tão simples, da Marisa Monte e do Pedro Bernardes. Preparei o Mano (já pensou o que é passar a vida toda com os caras na escola perguntando "E aí, Mano, cadê as minas?"), preparei o Mano Wlado para a complexidade de carregar o nome exótico neste mundo suave dos Marcelos. Acho que se deve dar aos filhos nomes sem subtexto e deixar que cada um faça a sua história. Nada de cravar num Mano Wladimir o passado hippietribalista e obrigá-lo a continuar a tradição dos pais.

É ridículo povoar o subúrbio de Suellens e Washingtons informando com isso o desespero de emplacar status novorico ao filho pobre. Nunca mais uma Alzira, uma Dolores, Florinda, Irene, Rosário, Armindo, Floriano, nomes dignos e acima de modismos otários. Coisas do Brasil. Enquanto os pobres se chamam complicadamente de Grazieli, Alan, Jean, Sammy, a tendência entre os bacanas é dar nomes cada vez mais simples aos filhos. E tome de Pedro, João e essas dezenas de Joaquins de que fazes parte agora, grande Quinzinho, bom filho de Luciano Huck e Angélica.

Seja bem-vindo ao nosso clube de falsos galegos, todos de casaca trocada, torcedores fanáticos do Flamengo, todos presos aos ritos dos portugas originais apenas na adoração das mulatas que passam – e, antes que mamãe ache que o papo começa a ficar impróprio, assim chego meu saudar ao fim.

Viva o pó de pirlimpimpim, dance a conga com a Maricota e todas as outras que estiverem a fim. Olha como é engraçado o titio no atchim. Acima de tudo saúde, tim-tim. Longa vida para todos nós, eternos garotos da turma do quirinquinquim.

O CADERNINHO AZUL DE UM APRENDIZ DE FEITICEIRO

 garoto devia ter uns 10 anos e nessa idade hoje eles já estão cansados de saber de onde vêm os bebês. Queria mais. Queria o etéreo, o mistério para além da biologia profana. "Tio", ele perguntou lá do fundo da sala, num encontro que tive com estudantes, "tio, de onde nascem as crônicas?"

Qualquer pessoa que abre uma tela de computador com a obrigação de em seguida enchê-la de palavrinhas sabe que essa é a pergunta basilar. De onde vem o baião, de onde nasce o mote que deflagra a criação? Eu vi, em 1996, na minha frente, Carlos Heitor Cony escrevendo uma crônica de tamanho médio, de qualidade alta, em não mais que 15 minutos. Acho que Cony sabe a resposta.

Eu, modesto aprendiz de feiticeiro, temeroso de oferecer abstrações ao garoto pragmático, recitei como única pista um caderno azul que carrego há décadas. Existe. Nele fui jogando palavras extravagantes, pensamentos curiosos, frases de efeito, pára-choques de caminhão e tudo o mais que pulsasse letras. Eu esperava que, num dia de crise, uma palavra daquelas, friccionada com as enzimas do crânio, provocasse a faísca, fizesse jorrar aquele filetinho de sangue que escorre da testa de todo autor quando ele encontra o assunto. Sabia que um dia ele me faria sentido. Ei-lo.

É íntimo demais e só vai declarado aqui porque li, ou um professor das antigas me disse, que o cronicar é de exposição do autor, um gênero de bermudas em que o dono delas, geralmente um tímido-assanhado, radicaliza o processo e parte para o desnudamento total diante da platéia.

Abrir o caderninho azul é um striptease de cabeça. Confesso que em algum momento da vida anotei nele, para reflexões que me poderiam inspirar mais adiante, tanto uma pergunta do barbudo Enéas num debate de televisão ("Lula, o que você pretende fazer com a bauxita refratária?"), como a máxima do filósofo africano Hardy Har-Har ("Não vai dar certo, Lippy!"). O juiz de futebol Mario Vianna também está perpetuado: "No meu dicionário não tem o verbo modéstia à parte."

Jamais me acudi diretamente dessas sabedorias alheias, mas sabe-se lá como essas coisas funcionam nas engrenagens internas. São frases ora recolhidas em orações católicas ("Zombam da fé, os insensatos", do hino "Queremos Deus"), ora em hinos de times de futebol ("Ninguém nos vence em vibração", do Esporte Clube Bahia), ora em panfletos da Madame Cecília ("Resolve problemas de impotência e safra da lavoura"). Um caos de despropósitos. O locutor da Rádio Relógio propagandeia barato que "Depois do sol, quem ilumina seu lar é a Galeria Silvestre" e, em seguida, antes de dar a hora exata, filosofa que "Cada minuto da vida é um milagre que não se repete". O argentino Hector Babenco explica por que ficou no Brasil: "Só aqui tem Fanta Uva."

Comecei a registrar esse garimpo desconexo depois de ter lido, nas entrevistas da *Paris Review*, que dúzias de grandes autores faziam o mesmo. Anotavam o que lhes parecia curioso, engraçado, estimulante, misterioso – e entregavam à depuração de suas almas. É uma espécie de agenda de elucubrações, uma malhação intelectual, tranco que se dá quando o raciocínio não pega. Sabe-se que meia dúzia de supinos turbinam o bíceps. Mas o que fazem com a gente as palavras que jogamos para dentro?

Não sei, por exemplo, o que fiz exatamente com a informação registrada do filme "Aviso aos navegantes". Está anotada no meu caderninho. Oscarito, falso médico, diagnostica numa paciente "um desequilíbrio no vago-simpático" e lhe receita "bigamatinil propitelamina composta de efeito fulminante". Um disparate desses não move uma linha no texto de ninguém. Mas, delícia das delícias, sugere aos feixes nervosos do intelecto o tom de por onde você quer trafegar.

Uma crônica pode nascer de uma palavra, eu disse ao garoto enquanto desfolhava o caderninho azul, e dei como exemplo um texto surgido apenas com a intenção, o resto era detalhe, de encher seis mil toques em louvor à existência entre nós, e não deixar que morresse jamais, a palavra borogodó. Torço para que o mesmo não aconteça com bucentauro, berdamerda, nenúfar, alaúza, tremebunda, obnubilar, nefelibata, buteiro, perrengue, parlapatão, peripatético e outras palavras de muitas sílabas que fui anotando na medida em que elas desapareciam dos livros. Costumo recomendar palavras curtas a quem pede conselhos para escrever bem. Mas, de vez em quando, acho que a proparoxítona cai redonda, pedra de gelo que dá choque térmico e muda o ritmo de um texto telegráfico.

O caderninho azul que ora abro em público é uma tremenda bandeira.

Tem pílulas da ética de Don Corleone ("fique perto dos amigos e muito mais dos inimigos"), máximas cínicas do jornalismo ("a função do bom editor é separar o joio do trigo, e publicar o joio"), mandamentos da masculinidade por John Wayne ("fale com calma, fale devagar e não diga muita coisa"). Qualquer dia desses vou mandá-lo para a minha analista freudiana. Alguns escrevem diários, outros anotam frases soltas. Se existe quem leia a vida das pessoas na borra do café, imagine consultando um caderninho desses.

Anotei nele que "Escrevo para ficar louro e de olhos azuis", declaração de um escritor perguntado sobre a razão de tanto esforço solitário com as palavras. Pode ser daí, por vaidade, que nasçam as crônicas. Anotei também a sabedoria de Tom Jobim ("O prazo é a grande musa inspiradora"). Pode ser daí, da necessidade mais prática. Donde quer que nasçam esses bucentauros de levezas que às vezes parecem querer dizer outra coisa, como o nome estranho da gôndola dos duques de Veneza, as crônicas só querem mesmo é navegar com o leitor até este porto final e desejar que ele tenha se divertido com a viagem.

QUANDO GRANDE OTELO ENCONTRA GISELE BÜNDCHEN

u estava no MAM do Rio, na primeira fila do desfile de moda, vendo a Gisele Bündchen passar e, cá entre nós, vou ser sincero. O Grande Otelo não me saía da cabeça.

Foi sei lá quando, também não me lembro bem qual era o exato assunto. Talvez samba das antigas. Só sei que, do lado de cá do telefone, intrépido repórter em ação, eu perguntei alguma coisa para o Otelo e ele, ator fabuloso e também compositor, autor do clássico "Praça Onze", autoridade na história da música popular, ele estupefaciou-se do lado de lá com o que tinha ouvido da minha argüição.

"Meu filho", começou, "você é freelancer, não?" – e imediatamente eu o imaginei com aqueles olhos esbugalhados que, quando entravam em close na tela, eram gargalhada certa na platéia. Dessa vez, os olhos arregalados que eu desenhava do outro lado do telefone pareciam marcar o início de um filme de terror.

Eu disse que de maneira nenhuma, "seu" Otelo, estava de carteira assinada – sem saber exatamente aonde o grande nome das artes nacionais queria chegar com aquela dúvida estranha. Suspeitei que Otelo, de voz muito tensa e enérgica, bem diferente daquela serelepe que usava nas chanchadas e embalou de piadas os momentos mais alegres do país, Grande Otelo parecia contrariado com o que eu lhe havia perguntado.

Tenho certeza de que a minha questão era correta, acho que algo sobre a ala das baianas constituída por estivadores do Cais do Porto, coisa comum no início dos desfiles. Eu já havia entrevistado Ismael Silva, fundador da primeira escola. Sabia das gambiarras que iluminavam os cordões e também, como era costume nos tempos da Praça Onze, da técnica de os compositores improvisarem, ao vivo, de primeira, a segunda parte do samba. Eu podia não ser um Nei Lopes, mas estava compenetrado e pimpão no meu sapato bicolor de raiz. Sabia o terreiro-tia Ciata em que pisava.

Otelo, no entanto, foi em frente, tentando parecer cruel como se estivesse vendo em mim um novo Oscarito para sparring. Quando ele soube que eu era do quadro fixo da revista *Veja*, revelou-se, ao seu jeito Atlântida de ser, sinceramente descrente.

"Meu filho, essa sua pergunta é pergunta de freelancer!!"

Até hoje eu não sei direito o significado da expressão "pergunta de freelancer" com que o ator me nocauteou. A princípio o freelancer é apenas um profissional sem vínculo empregatício. O fato de estar livre, trabalhando para a empresa que quiser, não informa uma qualificação inferior a seu respeito. Mas eu estava falando com Grande Otelo, companheiro daquele Oscarito que certa vez, numa comédia, acariciou a barriga inchada depois de uma feijoada, fez uma carinha fofa de felicidade e disse para o mesmo Grande Otelo que agora me estava ao telefone:

"Ih, estou com uma idiossincrasia!"

Otelo tinha sido criado nessa escola de poetas-mambembes, os que jogam as palavrinhas para o alto e lhes inventam novos valores, delícias estapafúrdias, quando elas caem de volta em suas línguas. Deve ter sido por isso e, onde quer que ele esteja, quase sempre rodando em algum VHS da minha casa, mando-lhe um beijo daqueles que dava com a boca imitando uma ventosa.

Hoje, superado o momento em que a expressão podia ter feito algum estrago na minha auto-estima, depois de gasto bom dinheiro através do tempo com sessões de análise que esconderam qualquer vestígio de sua carga maléfica em minhalma profissional, gosto de ouvir a voz do Otelo me dizendo com exclusividade esse texto que parece típico do nonsense das comédias da Atlântida.

Eu me lembrei de tudo isso quando vi Gisele desfilando, e era o que tentava dizer ao iniciar esta enorme idiossincrasia, porque fui acometido, no silêncio de minha cabeça, por uma daquelas dúvidas assombradas que desde o papo com Grande Otelo costumei identificar como "pergunta de freelancer".

Já acompanhei uma borboleta amarela batendo asas pelas ruas do Centro, vi Gérson "canhotinha de ouro" passeando com a bola presa nos pés, segui o trânsito de uma aurora boreal em Estocolmo, vibrei com corridas de submarino no Morro do Pasmado, estava na multidão de 100 mil marchando contra a ditadura, boquiabri-me com David Parsons voando no Municipal, deslizei num trem-bala pelo Japão e sei, depois de registrar todos esses movimentos do Homem sobre a Terra, posso dizer que sei – nada se compara à arte sublime da mulher que caminha.

O samba-canção queria a paz de criança dormindo. A crônica pós-hodierna quer o nó na garganta do homem que observa a mulher andando. Há os que a preferem flanando no momento em que não se percebem observadas. Seriam menos técnicas e próximas da criança de asas no berço de Dolores Duran. Eu, humilde, passo. Não tenho preferência.

Um pé depois do outro, as ancas projetando-se em contraponto para o lado inverso da perna que avança. Algumas balançam mais, outras simplesmente transformam o ilíaco em seta – e vão, em linha reta, deixando que as sensações da vida se abatam sobre os que ainda têm fôlego e assistem. Gary Winogrand, meu fotógrafo de cabeceira, fez um livro inteiro sobre isso, *Women Are Beautiful*. Tom e Vinicius criaram em Ipanema o Hino Nacional num êxtase de alumbramento sobre uma delas que passava. Não é corpo, não é carne, é arte etérea do espírito de Deus movendo-se de novo e de novo sobre a face das águas. Rubem Braga, que da varanda sobre a Barão da Torre tudo via, percebeu que uma delas não flanava apenas com as pernas. Como dizer que o movimento de seus cabelos castanhos nos faz bem?

Eu vi Gisele Bündchen caminhando sobre a grama do Aterro, ia lhe perguntar que nuvens eram aquelas sob seus tornozelos, como agradecer a brisa que borrifa em nossos artelhos, para onde, se ela sabe, caminha esse arco-íris de pernas brancas pretas amarelas, e, afinal, para que tanta perna, meu Deus? Mas foi aí que lembrei do grande Grande Otelo e fechei a boca. Calei o estupor idiossincrático e, em frente ao divino, tive a humildade de apenas abrir os olhos. Eles não fazem perguntas de freelancer.

PAREM AS MÁQUINAS! O REPÓRTER MORREU!

unter Thompson, o repórter americano que meteu uma bala na cabeça, tinha uma regra de ouro para esquentar a entrevista que não estivesse rendendo. Ele recomendava que o jornalista respirasse fundo, como se estivesse buscando a última gota de ar, e em seguida soltasse um impropério contra o entrevistado. "Seu isso, seu aquilo, salafrário de quinta, cronista de segunda."

Hunter fez o truque algumas vezes e garantia. A entrevista, que até ali se esticava sem qualquer interesse, começaria a ter um mínimo de sangue correndo. Era um exagerado. Não à toa os Hell's Angels deram-lhe uma coça numa matéria. Problema deles. No dia seguinte, atracado com o jornal, o leitor sorriria agradecido.

Quando ouvi seu tiro nos miolos, exagerado que aprendi a ser, entendi logo. Hunter Thompson, autor de reportagens inesquecíveis em que o repórter era sempre o centro dos acontecimentos, nem aí para essa balela da objetividade bege do jornalismo, Hunter Thompson estava aplicando de jeito radical a técnica que ensinou a milhares de jornalistas. Parágrafo primeiro e único da nossa Constituição: "É obrigatório manter a platéia acordada". Revogam-se todos os ombudsmen em contrário.

Os jornais andam sonolentos, não é não? Todo dia, mal começo a folhear, toca no meu iPod interno aquela velha musiquinha do Gilberto Gil dizendo "as notícias que leio conheço/ já sabia antes mesmo de ler". O repórter morreu, eis o lide do que se quer dizer – e já que as reportagens escasseiam, espremidas por colunas e artigos de todos os lados, esse obituário vai em forma de crônica. Como na mesma semana do americano morreu outro bamba no assunto, Carlos Rangel, do *Jornal do Brasil* nos anos 60 e 70, eu aproveito para retificar a frase e esticar o pensamento. Os repórteres morreram. Alguém consegue dormir com uma notícia dessas?

Thompson era o exemplo extremado de um repórter ao pé da letra, o sujeito que saía em campo, encharcava-se do assunto – no seu caso, contratado da revista *Rolling Stone*, um coquetel de sexo, drogas e rock and roll – e voltava à redação para passar adiante, no estilo mais serelepe que conseguisse, o que havia recolhido. Era um contador de histórias, esse princípio básico do jornalismo. Ver, ouvir e relatar – o meu com molho, por favor.

O repórter-que-anota-no-bloquinho é a versão pós-moderna do cidadão que sentava nas praças medievais e contava para a aldeia o que tinha visto alhures. Estão-se indo quase todos. Thompson e Rangel, que Deus os mantenha sempre no alto da página ímpar, são apenas os casos mais recentes.

Esse tipo de maluco, caçador de pauta exótica, anda demodê. Sua busca de casos imprevisíveis não cabe nos novos fluxos do industrial. Atrasa o fechamento. Sua emoção vai em desencontro às orientações do jurídico, enchendo o financeiro de contas a pagar por processos perdidos na Justiça. Ele desparagona o desenho clean do pessoal dos infográficos.

O repórter em estado bruto, e no caso de Hunter Thompson bota bruto nisso, sempre provocando briga para acordar as fontes por onde passasse, um repórter desse tipo não entende o novo palavreado das infindáveis reuniões de todos os dias na redação para acertar o foco da editoria. Criticado por não agregar valor às necessidades de sinergia sincera entre redação e marketing, o repórter tipo Thompsom – ou Otávio Ribeiro, o Pena Branca, autor, com o curso primário incompleto, de algumas das melhores matérias de polícia da *Veja* nos anos 70 –, um repórter desses, cobrado da necessidade de potencializar a informação em espaços cada vez mais minimalistas, vai perguntar de volta ao senhor editor: "Cuma?"

O repórter que não está sendo chamado ao RH antecipa-se ao lento extermínio da espécie e mete uma bala na cabeça. Deixa jornais cada vez mais bem resolvidos como produto final e profissionalizados como empresas, o que é fundamental para explicar a história heróica dos poucos que sobreviveram – mas carentes daquela grande estrela original.

Onde anda o sujeito eternamente pilhado que vai para a rua, vivencia os acontecimentos com olhos de eterno espanto e conta com personalidade? Onde o David Nasser ético que mostre o senador de cueca?

Onde o Joel Silveira que penetre na festa dos Matarazzos de hoje, o jogador de futebol e a modelo, e cinqüenta anos depois da festa na avenida Paulista mostre com estilo literário que o dinheiro pode até ter mudado de mão, mas o ridículo ainda campeia entre os novos-ricos que o pegaram?

Onde os filhos da revista *Realidade*, mergulhados durante dias num assunto?

Os bons jornais brasileiros estão entre os melhores do mundo, a praga não lhes é exclusiva. Há muito gabinete de senhor doutor nas páginas e nenhum Hunter Thompson para subir na mesa e desarrumar a papelada. As notícias que leio, conheço, e elas agora chegam por e-mail. Ao telefone, sabichões declaram isso, afirmam aquilo outro para matérias que abrem o travessão e deixam um verbo frio encher o espaço até o ponto final.

A História de um país não está nas grandes batalhas e nesses parlamentos perfumados dos severinos de ocasião – e aqui eu estou pedindo licença para traduzir em bom português o que escreveu Joseph Mitchel, o repórter americano das andanças do mendigo Joe Gould pelas ruas de Nova York. O importante é o que as pessoas conversam em dias comuns, agitam nas noites intensas, como aram a terra, discutem seus problemas e põem a vida em movimento. É uma pena que haja cada vez menos Hunter Thompson e Carlos Rangel para pegar essa pauta.

ELE ENSINOU O BRASIL A TRANSAR DE LUZ ACESA

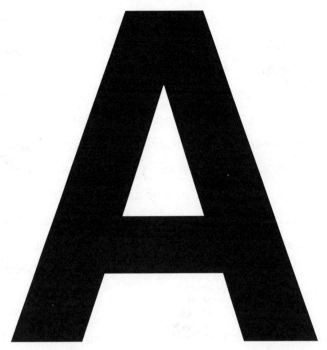
editora telefonou pedindo que eu escrevesse um texto para apresentar a nova edição das revistinhas pornográficas de Carlos Zéfiro. Eu poderia fingir espanto de rapaz fino. Como assim??!! Eu??!! Eu sou biógrafo de Antonio Maria, minha filha! Poderia olhar para trás e perguntar ofendido se a moça não tinha cometido erro de pessoa. Estais me estranhando?!! Eu sou prefaciador de Tom Wolfe, minha senhora! Pensei em alegar zelo pela imagem. Qualé??!!

O problema é que o passado me condena.

Levantei os dois braços, rendido. Ok, chegaram no cara certo. Era comigo mesmo, e escreveria a apresentação com o mesmo prazer que em "A vizinha", uma das revistinhas, um certo Lúcio empresta sal e todo o doce consolo de que dispõe para a Elza do 302. Li os quadrinhos de Zéfiro nos anos 60, como era a sina dos moleques no tempo. Descabelava-se o palhaço. Ia-se ao cinco contra um. Descascava-se toda a bananeira. Casava-se com a canhota. De nada me arrependo, muito menos de todo esse cabelo na palma da mão. Ainda bem que Carlos Zéfiro estava por perto com suas freiras taradas dispostas a ajoelhar e, ave Maria, rezar um padre-nosso. As suas secretárias da pá virada queriam mais e mais, as priminhas assanhadas ansiavam por espremer minhas espinhas e me ajudavam a varrer para a sacristia a culpa católica que melava o assunto.

Fazia escuro no corpo e não havia uma *Playboy*, não havia uma loja de conveniências eróticas para iluminá-lo. Bastava um mau pensamento para se pagar com um chorrilho de salve-rainhas. Zéfiro, antes do Sexy Hot no meio da sala de jantar, antes das aulas de vibradores da Sue Johanson, foi ele quem ensinou o Brasil a transar de luz acesa e sem o lençol por cima. Eu escrevi na tal apresentação das revistinhas que Zéfiro libertou a libido nacional. Acho que não viagrei demais nos sentidos.

Sexo ainda não era crônica, nem cinema, nem poesia. Sexo era drama, uma ciência oculta que poderia deixar cego quem se excedesse na masturbação. Os meninos queriam tanto sexo quanto querem os de hoje, mas esbarravam num grande e complacente problema. As meninas, infelizmente, ainda não eram as de hoje. Não davam. A música "Não existe pecado do lado de baixo do equador" foi feita muito depois. Foi Zéfiro, quando Chico Buarque ainda estava roubando carro em São Paulo, talvez por estar vivendo aqueles tempos de repressão sexual, talvez sem ter com quem fazer um pecado safado suado e a todo vapor, foi Zéfiro quem começou o esculacho, olha aí sai de baixo. Ele foi professor.

Carlos Zéfiro deu a toda uma geração lá atrás – e essa expressão vai como metalinguagem dúbia para saudar o estilo do cara – as primeiras lições de um assunto que hoje está em qualquer malhação das seis. Sexo, essas quatro letrinhas que molham, que suam, que arfam, que fazem o maior barulho na madrugada do condomínio, elas não eram impressas assim sem mais nem menos em papel de família.

A primeira vez que eu vi a palavra pulsando escrita, cheia de veias, foi na capa do livro de Fritz Kahn sobre vida sexual, um tesouro triste que este pequeno pirata descobriu escondido na gaveta lá de cima do armário de papai. Levei um susto quando comecei a ler. Tinha gosto de óleo de fígado de bacalhau. Falava de sexo como se fosse uma aula de medicina legal.

Zéfiro era alegre. Corria uma cachoeira de dentro de suas musas carnudas de nome Suzete, Alzira, Margô, todas em eterno dilúvio de lubrificação espontânea. Kahn, como o goleiro alemão, era assustador. Suas virgens vinham banhadas num rio de sangue, prontas para sofrerem as feridas de algum tipo de empalação medieval. Prazer era privilégio macho. Não entendo como no meio de tanto palpitório sobre sexualidade ainda não se traçou uma linha entre a frigidez das mulheres hoje na faixa dos 40, 50 anos e as primeiras notícias que elas tiveram sobre o assunto, certamente lendo o capítulo sobre defloramento no livro de Kahn. Sexo era terror obscuro, segredo liberado apenas para quem se deixasse benzer pelos óleos nupciais. De sacanagem mesmo, apenas o fato de que ninguém comia ninguém.

Com seus desenhos toscos, Carlos Zéfiro preparava o prepúcio nacional para um dia que parecia não chegar nunca. Seus mancebos bem aquinhoados, espadas monumentais cravando a marselhesa libertária em solo pátrio, ensinavam o leitor a seduzir uma mulher. Como fazer em meia dúzia de quadrinhos que ela mudasse de opinião e, principalmente, em que posições atuar depois. Não havia filme pornô. Na televisão, em "O direito de nascer", Albertinho Limonta beijava de boca fechada. Zéfiro foi um Nureyev tropicalista. Ensinou ao país o pas-de-deux horizontal e levou os olhos de um garoto pelo primeiro zapping por todos os muitos canais do corpo de uma mulher em movimento.

Antes de Zéfiro, elas vinham imóveis, todas dentro de revistas suecas de naturismo. Eram glabras, não por uma depilação erótica ao estilo brazilian wax, mas por censura. Pentelho, nem pensar. As suecas estáticas, no meio de algum campo de arroz, inspiravam na molecada o mesmo desejo que os novos modelos da Frigidaire. Tempos de tesão glacial. Genitálias congeladas.

Já as mulheres de Zéfiro saltavam fogo pelos olhos, bundas franqueadas em corcoveios sem qualquer cerimônia, pecadoras jamais arrependidas que gemiam em ai, em ui, em ipsilone. Inventavam vogais incandescentes que ajudavam a passar, junto com os esgares fabulosos de seus rostos, a esperança e urgência de que um dia você, meu garoto, seria o herói num daqueles quadrinhos.

Algumas intelectuais, mal-amadas não introduzidas na festa, acusavam Zéfiro de machista. Mentira da cabeça grossa. As mulheres das revistinhas tinham todas o que bem mereciam e hoje professa o bom feminismo de raiz. Orgasmos aos montes. Se isso não for o néctar da coisa, eu não entendi nada da leitura de Shere Hite. Pré-Marta Suplicy, nosso pornógrafo avisava, sem retórica, apenas com sua caneta dura, direto ao ponto G, que entre quatro paredes valia tudo, pois é tudo da lei. Cada um dava o que lhe aprouvesse e sem preconceito. Anal, oral, homossexual, decúbito dorsal, duplo mortal.

Tudo sem necessidade de paixão, amor, qualquer desses drops dulcora que na literatura são enrolados um a um e servem de passe para justificar a entrega das carnes. Era a imaginação no poder, o tesão nacional educado para a alegria. Só os vilões brochavam. Zéfiro não. Agora de volta às bancas, você vai ver que ele continua impávido e colosso. A saga de seus heróis pode soar ingênua, mas – pergunte à vizinha dona Elza se ele não quer mais sal – continua de pé.

Impressão e Acabamento:

Geográfica
editora